アーシュレイ＝エストール
「行かない方がいい」
「王弟殿下」
メリッサ＝フォレッド

「貴方を幸せにすると誓う。
どうか私と
結婚して欲しい」

「妬いてくれるのかい？」
「……ち、違います」

王弟殿下の恋姫

～王子と婚約を破棄したら、美麗な王弟に囚われました～

神山りお

ill.早瀬ジュン

Contents

第一章　イヤな夢

「メリッサ＝フォレッド。お前との婚約を破棄する!!」

婚約者である、アレク＝エストール王太子が高々と声を上げた。

あぁ……やっぱり。

メリッサは驚きよりも納得してしまっていた。

彼の隣に立つ、ふわふわロングの髪をした少女を見て……。


「……殿下」

そう言った瞬間、自分の震えた声に驚き……目が覚めた。

そう、夢だった。

しかし、あり得る夢。

現実に起きるかもしれない夢。

「お嬢様、どうなされましたか⁉」

着替えを持って来てくれた侍女頭のサリーが、心配そうに声を掛けて来た。

いつもは自分が来るよりも先に起き、軽く身支度《みじたく》を整《ととの》えている筈《はず》のメリッサが、まだ起き抜けだったからだ。

髪はボサボサで寝汗の跡まであるのだ。しっかりしている彼女がこの姿となれば一大事である。

「大丈夫よ、サリー」

「ですが、ロッテ、湯あみの用意を！」

「はい！　ただ今」

侍女頭は連れていた侍女のロッテに、湯あみの用意をするように指示する。

ロッテが慌ただしく準備を整えに行くと、他の侍女達《たち》は何も言わずとも、タオルや白湯《さゆ》等を用意してくれた。

「ありがとう。少しだけ嫌な夢を見ただけよ」

メリッサは心配をかけまいと微笑《ほほえ》んだ。

自分の悪夢のために、心配させては悪い。まだ現実には起こってはいない。たかが夢なのだから。

「心配事がおありなのですね？　私共では大したお力にはなれませんが、出来る事があればお申し付け下さいませ」

侍女頭サリーがそう言うと、侍女達も優しく微笑み頷《うなず》いていた。

「皆、ありがとう。でも、夢だから。もしもの時は、手を貸してくれるかしら？」

メリッサはお礼を伝えると、用意してくれたお湯で顔を軽く洗い、白湯を一口飲んだ。

「「「はい!!」」」

サリー達の優しさが、悪夢を洗い流すように身体《からだ》に温かく染みていった。

◇＊◇＊◇

天井《てんじょう》からは何千万とする高額なシャンデリアが、いくつも吊《つ》るされ煌《きら》びやかに光っている。絨《じゅう》毯《たん》は毛足が長くフカフカ。

小さなテーブルには、ほとんど誰も口にしない軽食が、色とりどりに並べられている。

ホールの片隅には、ダンスのためだけにオーケストラが勢揃《せいぞろ》いしており、格の違いをまざまざと見せつけていた。

貴族の面倒くさい行事の一つに、毎夜のようにどこかで開かれる夜会がある。

独身者達が結婚相手を探す場であり、お遊び相手を探す場。いずれは官位に就くかもしれない人達との、伝手《つて》やコネを作る場でもある。

その価値は誰が開く夜会かによって様々だ。

今回は、とある身分の方の夜会だ。

招待を受けた方々は地位や名誉のある御仁の息子や娘はもちろん、下は男爵から上は公爵まで、実に幅広い身分の令息令嬢達が集まっていた。

「あらやだ。メリッサ様、また一人でしてよ?」

「婚約者のアレク様はどちらにいらしているのかしら」

「ご執心の女性がいらっしゃるとか……」

婚約者がいる筈のメリッサが一人でいるのを見た令嬢達が、クスクスと聞こえるように嗤《わら》い立てていた。


そう……メリッサ＝フォレッドは何故《なぜ》か一人だった。

夜会といえば大抵の場合は婚約者を伴うものだが、彼女にはその連れが見えなかった。それを分かっていて、皆はわざと聞こえるように嗤うのだ。


【人の不幸は蜜の味】

だがその不幸がいずれ、自分に降りかかる可能性を秘めている事にも、爵位を持った貴族の令嬢なら気付かなくてはいけない。

格下の爵位の者に言う悪口と、格上の者に言う悪口では意味が違うのだ。

彼女の婚約者はただの男性ではなく【王太子】なのである。

次期国王の婚約者であり、侯爵家の娘。なんなら王の右腕【宰相】の愛娘《まなむすめ》。自分の起こした小さな火種《悪口》が、自分の家に大きく《お取り潰しとして》降りかかってくるかもしれない相手。

それを目の前の優越感だけで、忘れてはいけない。

メリッサはそんな陰口や悪口が囁《ささや》かれているのを知っていた。誰が言っているのも把握している。

父親の権力を使って叩《たた》き潰す事も出来る。だが、しない。

いつでも出来るからである。


「いつも楽しいお言葉、感謝致しますわ。リリアナ様、アンネ様、そしてフレア様。今夜はあまりにも楽しかったので、是非お父様のお耳に入れておきますわね？」

メリッサは悪口を言って楽しんでいた令嬢に、ニッコリと微笑んで軽く頭を下げた。

要するに今の悪口を父に伝えておくわよ？　と言ったのだ。

本当にペラペラと話すつもりはない。だが、さすがに毎回となれば、キリがないし苛《いら》つくのだ。

少しばかり、意地の悪い言葉が出ても致し方がないだろう。

「「「あっ!!」」」

「いえ、あ、メリッサ様！」

「私達はそんなつもりじゃ！」

「家に帰ってまで話す事ではっ‼」

三人の慌てる声が背に聞こえた。

お父様に……と言われ、メリッサの父が誰かと思い出したようだった。

メリッサから宰相である父親に告げ口等をされたら、宰相の下にいる自分達の父の立場が悪くなると、やっと気付いたらしい。あわあわと言い訳じみた声が聞こえる。


「ふふっ」

メリッサは遠ざかりながら小さく笑っていた。

慌てるくらいなら初めから、言わなければいいのに……と。親の権威や身分を笠《かさ》に着るつもりは端《はな》からない。ただ、人の不幸を嗤う言動が許せなかっただけ。

でも、言われて気付いたのなら、これからは悪口からおべっかに変わるのかもしれない。それはそれで面倒くさいのだけど、悪口よりは精神的にイイだろう。

聞こえない陰口ならともかく、耳に入る悪口は非常に疲れるのだ。

悪口に当てられ少し疲れたメリッサは、テラスに行く事にした。一人でいる事で、勝手に可哀想《かわいそう》だと話し掛けて来る相手にも、ほとほと疲れたからだ。

人気《ひとけ》のないテラスは、静かで心も落ち着く。

少しだけそよそよと吹く風を浴び、それから帰路に就けばいいかな……と考えていた。

「行かない方がいい」

テラスに向かうメリッサの腕を、誰かが優しくも強い力で引き寄せた。

「なっ……や……」

テラスは逢《あ》い引《び》きの場でもある事をすっかり忘れていたメリッサは、頭に最悪な考えを浮かべてしまった。

力ずくで何かされたとして、自分の……侯爵家の未来が……。

突然抱きすくめられたメリッサは必死に「やめて」と口にし、男の腕から逃げようと見上げた時――。

メリッサは思わず息を呑《の》んだ。

〝彼が誰か〟だけではなく、その整った美貌にである。

光り輝く金色の髪。吸い込まれそうな深海のような瞳。そして、うっとりする美声。微《かす》かに香る香水が媚薬《びやく》のようだった。

メリッサは間近に見た彼の姿に思わず見惚《みと》れ、心を奪われてしまいそうだった。

だが、侯爵令嬢として培《つちか》ったわずかばかりの矜持《きょうじ》が、メリッサの心を奮《ふる》い立《た》たせていた。

「王弟殿下」

声が裏返りそうになりながらも、メリッサは口にした。

そうなのだ。彼は現国王の弟、王弟アーシュレイ＝エストールその人だった。

国王とは腹違いの弟で、三十も離れている。そのため、まだ二十八歳と若く、アレク王子がいるにもかかわらず、一部の貴族から次期国王にと声があるくらい、絶大な支持を得る人物だ。

「メリッサ久しぶり。見ない内に随分と魅力的で美しい女性になったね」

天使か女神のような眩《まぶ》しい笑顔で、王弟アーシュレイは笑った。

メリッサは王太子のアレクと婚約しているため、時々逢《あ》う事もあったのだ。

驚きを隠せないでいるメリッサを腕に抱きながら、王弟アーシュレイは彼女の解《ほつ》れた髪を優しく直していた。

「ありがとうございます殿下。ですが、何故ここに？」

アーシュレイの甘い視線から目を逸《そ》らしながら、メリッサは誤魔化すように口にしていた。

婚約者以外の腕の中なのに、まったく嫌ではなかったのだ。

むしろ、名ばかりとはいえアレクという婚約者がいながらも、胸がトクトクと早鐘を打つのを止められなかった。

「愚問だね？　メリッサ」

そう言って彼は、メリッサの唇に人指し指を当てた。

「あっ……た、大変申し訳ありません。愚考でした」

逃げるようにアーシュレイの腕からするりと抜けたメリッサ。

顔が火照りそうで、それを見られまいと、慌てて頭を下げた。

そうなのだ。この夜会は王弟アーシュレイが主役の夜会だ。国王陛下が独身の彼のために催《もよお》した夜会である。

未婚だけではなく未亡人やパートナーのいる女性、招待を受けた者は様々だが、美貌のアーシュレイ見たさや伝手を作りに、多くの人が集まっていた。

主催者は国王。だが、主賓は彼なのでいて当たり前なのである。

「でも――」

王位継承者候補の一人ではあるもののアレク王太子がいるため、彼は独身を謳歌《おうか》している筈。

遊び相手を探す夜会と違って、結婚相手を探すための夜会だ。まったく結婚する気のない彼が、いくら兄の国王が開いたとしても、こんなミエミエの夜会に来るわけがない。

なのに、今日に限って何故来たのか首を傾《かし》げていれば、メリッサはどこからか響く笑い声に思わず唇を噛《か》んだ。


「もぉ。やだ、アレクったら」

コロコロとした猫なで声が、テラスの下の方から聞こえたのだ。

「嘘《うそ》じゃないよ。マーガレット、良く似合っている」

自分がここにいるのに、別の女性を愛《いと》しそうに呼ぶ、婚約者の声が。

思わずテラスに向かったメリッサは、見なければ良かったのに目が離せなかった。

マーガレットと呼ばれた少女は、メリッサが良く知る人物。その少女とアレクが誰の目にも分かるくらい、近距離で仲睦《むつ》まじくしているのだ。どう考えても浮気現場である。

明確な証拠がないだけで、こんな姿は恋人以上でなければおかしい話。メリッサは分かっていた事実に涙ではなく、溜《た》め息《いき》がこぼれた。

通っている学園でも〝そう〟だったし、今彼女が着ているドレスを見れば浮気は明らかだ。

マーガレットの着るドレスは、王族だけが身に付けるのを許可されているエストールブルーと云《い》われている色。それは、王家が継ぐ瞳の色。

そして、アレクのポケットに挿してあるハンカチは赤茶色で、メリッサの瞳の色ではなくマーガレットの瞳の色。

なによりメリッサの着ているドレスも一応ブルーではあるものの、アレクからの贈り物ではなく母からの物だ。

アレクは当然この夜会にメリッサも招待されているのを知っている。なのに、ドレスを贈らない。アクセサリーも贈らない。そして、送り迎えもない。最後にこの光景を見れば、さすがにおめでたい考えは吹き飛ぶというものである。

「自分より頭が弱い相手だと、自尊心が傷つけられないから楽しいのだろう」

メリッサのすぐ後ろにいた王弟アーシュレイが小さく呟《つぶや》いた。

愉《たの》しそうな声だが、目は小馬鹿にしているように見えた。

「え？」

「さて、メリッサ。キミを家に送っていこうか」

アーシュレイはニコリと微笑み、ダンスにでも誘うように、メリッサの前にどうぞと手を差し出した。

だがメリッサは、彼が小さく何を言ったのかの方が気になっていた。

訊《き》いたところで彼が答えてくれるとは思えないけれど。

「あの、誤解を受けるといけませんので……」

メリッサは断る事で彼が怒らないかと、おずおずと言った。

アーシュレイの相手だと誤解を受ける恐れもありそうだが、自分まで浮気をしていると疑われるのは心外だった。

「イイ子だ」

だが彼は怒るどころか至極《しごく》満足そうにメリッサの頭を撫《な》でた。

他の女達なら喜んでしなだれかかっただろう。しかし、彼女は辛《つら》くとも他人に甘えない。そんなメリッサの気丈な姿に、アーシュレイは満足していたのだ。

「やめて下さいませ。私はもう子供ではありませんん」

試された上に子供みたいに褒《ほ》められ、メリッサは思わずプイッと顔を背《そむ》けた。

十も年上の王弟殿下からしたら、自分はお子様だろう。だけど、あからさまな子供扱いはなんだか腹が立つ。

「ふ～ん？」

子供ではないのか？　そう言ったアーシュレイは、わざとらしくメリッサを舐《な》め回すように視線を動かした。

「スケベ親父《おやじ》」

メリッサは堪《たま》らず身体を隠すように捩《よじ》り、両腕で覆ってみせた。

男性にそんな目で見られると虫酸《むしず》が走るのだけど、アーシュレイに見られると何故、こんなにも身体が火照ってしまうのだろうか。それどころかクスクスと笑うアーシュレイに、思わず見惚れそうになる。

視線だけなのに優しく触れられているようで、メリッサは胸の奥がキュンと痺《しび》れていたのであった。

「アレク」

メリッサが火照りを隠そうと必死にしていると、アーシュレイ王弟殿下はテラスから延びる階段を優雅に降りていた。

テラスの下にいる甥《おい》のアレクに、声を掛けたのだ。

この隙《すき》にメリッサは逃げようかと内心思いつつ、足が何故かその場から動かなかった。アーシュレイが何故声を掛けに行ったのか、気になってしまい足を止めていたのだ。

「叔父上」

アレク王子がその声に目を見張り、咄嗟《とっさ》にマーガレットとの距離をとった。

さすがに叔父の前ではマズイと思ったのか、条件反射かは分からない。だが、すぐに体が動いたのだから、悪い事をしている意識があるのかもしれない。

「お前の〝婚約者〟は具合が悪いそうだ。送っていきなさい」

アーシュレイはマーガレットをチラリとも見ず、冷めた声でそう伝えた。


「え、私は別に具合は……」

婚約者でも何でもない筈のマーガレットは、一緒にいる自分に言われたのだと勝手に解釈し首を傾げる。

それとは対照的にアレク王子は、苦虫を噛み潰したような表情に変わった。ここでアーシュレイにメリッサの話を出して欲しくはなかったからだ。

テラスで聞いていたメリッサは、突然自分の話になり、ビクリとし思わず後ずさった。こちらを見られたわけではないが、とにかくアレク王子達の視界に今は入りたくなかったのだ。

「でも、その」

何かあるのか、アレク王子は思わずマーガレットに視線を泳がしモゴモゴと口ごもる。

女遊びが派手な叔父なら空気を読み、もしかしたら理解してくれるのではと考えたのだ。

それを聞いていたメリッサ。婚約者の具合が悪いと聞いた上で、すぐに行動しないアレク王子にさらに後ずさっていた。普通だったら同行している者に事情を話し、慌てて探しに来てもいいくらいだ。

なのに彼は口ごもり、一向に足を動かさなかった。それどころか、マーガレットも、彼に行けと

は言わない。メリッサの心は深い憤《いきどお》りと悲しみでいっぱいになっていた。

こんな姿も見せたくないし、これ以上聞きたくもなかった。


「あのっ！　初めまして、アーシュレイ様」

空気を読めないのか、読まないのか、読む気がないのか、マーガレットが恥ずかしそうにドレスをつまんで頭を下げた。

王弟アーシュレイの美貌に当てられたのか、頬を真《ま》っ赤《か》に染めていた。


「許可を与えた覚えはない」

だが、そんな彼女にほだされるわけもなく、アーシュレイは見下すように目を細めた。

「え？」

マーガレットは何を言われたのか一瞬理解出来ずに、キョトンとした。

「キミに発言の許可を与えた覚えはないと、言ったんだ」

アーシュレイはさらに冷たい視線で、マーガレットを突き刺していた。

「やっ。怖い」

マーガレットはその視線にビクリと怯《おび》え、アレク王子の腕に絡《から》み付《つ》きながら後ろに隠れた。

「叔父上。か弱き女性を虐《いじ》めないで頂きたい」

庇護欲《ひごよく》を掻《か》き立《た》てられたのか、アレク王子はマーガレットを守るように半歩前に出るとアーシュレイに強く言った。

怯えさせるなんて可哀想だと。

「〝諫《いさ》め〟と〝虐め〟を違《たが》えるな」

だがそんなアレク王子を、王弟アーシュレイは一蹴した。

許可もなく王族に話し掛ける事は言語道断。メリッサはアレク王子の婚約者として面識がある。

だが、この少女は初対面だ。礼儀知らずどころか不敬だった。

「マーガレットは叔父上に、挨拶しただけではないですか！」

しかし、それのどこが悪いのかと、アーシュレイの圧に怯えつつ噛みついた。

「私の許可も得ずにか？」

アーシュレイは二人を見て嘲笑していた。

「大体、この女は〝誰〟の連れだ」

許可がないとか、挨拶がお粗末だとか、色々言いたい事はある。

だが最大の非礼は、マーガレットが招待客ではない事だ。お遊びで開かれた夜会ならともかく、これは国王が弟アーシュレイのために催した夜会である。

彼自身は気が乗らないとは云え、すべての招待客の身分と名前くらいは把握している。なのに、呼んだ覚えのない〝輩《やから》〟がいるのだ。本来なら大問題である。

「わ、私の連れです」

叔父であるアーシュレイの視線に堪えきれなくなったアレク王子は、諦めて口を割った。

「〝婚約者〟でもない女に誰が許可を？」

先程からわざとお前は誰と婚約しているのだと含ませているのに、二人は気付いていないようだった。

「王子である私が許――」

「立場を履《は》き違《ちが》えるな」

アーシュレイはアレク王子の言葉を冷たく一蹴した。

アレクが王になった後ならともかく、今はまだ王子。ならば、まだ王弟の方が格上だ。その王弟のための夜会に、主催者の王や王弟を差し置き自己判断で〝よそ者〟を招待していい訳ではないのだ。

「っ！」


「マーカス、ローソン」

王弟アーシュレイは低いがよく通る美声で、誰かを呼んだ。

「「お呼びでございますか殿下」」

呼び声が終わるや否やマーカスとローソンと呼ばれた二人の男は、暗闇から素早く現れた。気配も感情も感じさせない男達だった。

「よそ者が混じっている。追い出せ」

これでもやんわりと言った方である。厳密にいうならば〝不法侵入〟に問われてもおかしくない案件。

そして本来なら、非招待客を入れた部下二人も叱責もの。だが〝王子〟が許可を出してしまった以上、今回その咎《とが》は見逃す事にする。

「「はっ」」

王弟アーシュレイが無表情、無感情に言えば、二人は命令に従いマーガレットの腕を横から拘束した。

「やっ！　痛ぁい。何するのよ！」

端からでも優しく拘束しているのが見てとれたが、マーガレットは大袈裟《おおげさ》なくらいに痛がっていた。冷静な目で見れば、可哀想な女性を演じているように感じる。

「おい！　彼女に乱暴はよせ‼」

アレク王子は慌てて二人を止めようとした。

彼女にご執心なアレク王子は、彼女が本気で痛がっていると思っているようだった。

自分の名を呼んで泣いているマーガレットを、必死で解放しろと叫んでいる。

「叔父上!!」

マーガレットに対する乱暴を止めて欲しいと叫んだ。

だがアーシュレイは無言で冷笑するだけで、止めさせる素振りは一切《いっさい》なかった。

「分別《ふんべつ》は付けろ、アレク」

最後の通達とばかりにアーシュレイは、冷たくあしらった。


「彼女を離せ!!」

王弟アーシュレイに言っても無駄だと感じたアレク王子は、拘束され連れていかれるマーガレットの後を追った。

アーシュレイが言った意味など、考えようとも理解しようともしないようだった。叔父は色々な女性と遊んでいるクセに、何故自分はダメなのか。

アレク王子は頭に血が昇り、アーシュレイに何を言われたのかを、すでに忘れていたのだった。

遠ざかる甥の背を見ていたアーシュレイ王弟殿下。

その表情はさらに冷たく、感情さえ窺えなかった。

第二章　王立学園

あれから、アレク王子がメリッサを迎えに来る事もなく、メリッサはアーシュレイ王弟殿下の護衛によって、帰路に就いた。

具合が悪いと言われていたにもかかわらず、アレク王子はメリッサに声一つ掛けずにマーガレットの傍にいたという。

◇＊◇＊◇

次の日、精神的に疲れていたメリッサだったがサボるわけにもいかず学園に行く事にした。

学園の名は【エストール王立学園】。

国の名〝エストール〟を掲《かか》げた学園である。その名の通り、国が未来の政務に携わるだろう優秀な者だけを選出し、勉学に励《はげ》ませている。

市井《しせい》の者であろうと、貴族であろうと優秀なら差別なく入れる。だが、それはエリート部門だけの話。

一般部門は、ある程度の資産が必要だ。寄付金という名目の運営資金を払った貴族や市井の者達《たち》が入れる部門。いわばお金持ちの集まり。

寄付金の名目は〝賄賂《わいろ》〟ではなく、あくまでも〝運営資金〟。

学園に必要な資材や教材、人件費。それに加え、エリート部門に選出された市井の人達の生活費に充《あ》てられていた。


「はぁ」

テラスから眼下に見える光景に、メリッサは深い深い溜め息《たいき》を吐いた。

エリート部門と一般部門。棟が違うため通常ならば別部門には容易に入れない。しかし、食堂や中庭の一部は共用の部分があるため、夜会とは違い生徒達の〝健全な〟社交の場になっていた。

一般部門の生徒達は、未来の重鎮《じゅうちん》達と交流するために共用の場所に行くのだ。コネやツテを作りのしあがるため、玉の輿《たまこし》を狙うためと理由は様々である。

勿論《もちろん》純粋に憩いとして使う者もいれば、情報や意見交換の場として利用している者達もいる。各々《おのおの》の思惑《おもわく》も入り交じってはいるものの、〝楽しい場〟である。

「はぁ」

メリッサは手すりに肘《ひじ》を突きながら、もう一つ溜め息を吐いた。

生徒会室のテラスから、共用ではない庭が見える。静かに過ごしたい者達の庭である。

だが、生徒会室の目の前にあるため、ここはあまり使われていない。生徒会役員の目に触れる事もあるからだ。

大抵の生徒達は、ココからもう少し遠くの噴水広場にいる事が多かった。

しかし人気《ひとけ》のない場所は、それなりに需要がある。

そうなのだ。今まさに、メリッサの眼下にその〝需要〟とやらを教えてくれる人達がいた。


「この間は怖かったですぅ」

「あぁ、すまなかったなマーガレット。叔父上には私から注意しておいたから」

そう、アレク王子とマーガレットであった。

マーガレットが先日の夜会の事を言えば、アレク王子はその手を撫《な》でながら甘く囁《ささや》いていた。

実のところ、叔父アーシュレイに注意等出来るわけもなく、逆に一連の経緯を部下から耳にした父国王に、叱責されたのをメリッサは知っている。

「叔父上の遊び場にキミを連れていくのではなかったな」

すまないと謝るアレク王子。

「もぉ、でも許します」

上目遣《うわめづか》いのマーガレット。

草や木しかない場所でも、何故《なぜ》か周りにハートが飛び交って見えるから不思議だ。メリッサはすべてを諦め、溜め息で誤魔化していた。

もう生徒会室に戻ろうとした時、後ろから呆《あき》れた声が聞こえて来た。

「何が許しますなんだよ」

バカじゃねぇの？　と心の声が聞こえそうだった。

「マーク」

振り返ったメリッサは、困ったような表情で言った。

自分は仮にもアレクの婚約者なのである。賛同しにくい言葉はやめて頂きたいのだ。

「婚約者がいるのにあんな堂々と……」

メリッサと同じ侯爵家のマークは、王子を完全に呆れ蔑んでいた。

立場やお役目を理解している彼からしたら、王子のしている事は馬鹿の極みでしかない。

「お飾りだもの」

メリッサは自嘲気味に笑った。

別に愛があったわけではない。知らない間に婚約者とされ、自身は王太子妃見習いとして教育されていた。

「飾りとか言うなよ。初めは皆そうだ。それでも仕方なく、と普通は歩み寄る。まぁ、それでも上手《うま》くはいかねぇ事もあるが」

マーク自身も親同士が決めた婚約者と、しっかり歩み寄りが出来ているかは分からない。だが、努力はしているし、まして浮気などはしていない。

「あれで次期国王とか……」

〝嗤《わら》える〟という言葉をマークはかろうじて呑《の》み込《こ》んだ。

どんな事情があるにせよ、メリッサは彼の婚約者だ。悪口は嫌な気分だろう。

「メリッサ、〝会長〟のサインどうする？」

休憩を終え戻って来た生徒会の仲間達が、副会長であるメリッサに判断を仰《あお》いだ。

「どうしようかしら」

本来なら生徒会長のアレク王子の仕事だ。だが、メリッサがお飾りの婚約者だとしたら、アレク王子はお飾りの会長である。

サボるのが仕事とばかりに、生徒会のすべての業務はメリッサ達がこなしていた。

メリッサは先程のあの姿を見て、代わりに職務をまっとうする気分にはなれなかった。

「どうしようか、ではなくやるべきでは？」

生徒会の中で唯一、アレク王子に心酔しているサーチが、さも当然とばかりに言った。

一部の生徒達が考えなしに言っている【真実の愛】という言葉に、彼は何故か感動し貫いて欲しいと願っているのだ。

目の前に婚約者のメリッサがいるのに。なんなら自身も婚約者がいるのに……だ。

「「「……」」」

メリッサ達は目を見合わせていた。

サボるヤツのために、何故身を削らねばいけないのか。相手が王子でもさすがに限界はある。

「会長がサボってんのに？」

もうヤル気のないマークはお手上げとばかりに、両手を挙げ降参のポーズ。仕事を放棄して、イチャコラしているヤツの分もやるだのなんてゴメンだ。

「愛を育《はぐく》んでおいでです」

「「「……」」」

サーチがさも当然のように言えば、一同唖然《あぜん》である。

誰が〝誰〟と愛とやらを育んでいるのかは、問題ではないのだろうか？

「育む相手が違いませんこと？」

マークの婚約者でもあるマリアン子爵令嬢が、呆れた声で言った。

普通に考えたら婚約者と育んでいくもの。自分もそうだからだ。

「【真実の愛】なれば仕方がないのかと」

「「「……」」」

さらにサーチが言えば、またまた一同唖然である。

何が【真実の愛】だ？

ただの浮気の方便だろう？

「んじゃ訊《き》くけどよ。お前の婚約者のリースちゃんが、お前以外の男に【真実の愛】を見つけたら許すのかよ？」

どうなんだとばかりにマークは言った。

自分の婚約者が真実の愛と言えば浮気も許すのかと。

「僕以外に真実の愛はあり――」

「例えばの話だっつーの!!」

「痛っ！」

考えの固いサーチの頭を、マークは堪《たま》らず殴っていた。

例え話を聞いて、我が身に置き換えてみろと。

「リース嬢が、お前以外の男とイチャイチャしていても許せるのかよ」

書記であるフランツが、もう少し噛《か》み砕《くだ》いて問う。

逆の立場ならどうなのか……。

「彼女は浮気など、しま――」

しませんと、言いきる前に皆がサーチを睨《にら》んだ。

する、しないではなく、されたらどうなのかと訊いているからだ。

「…………婚約を破棄、或《ある》いはそれなりの報《むく》いを」

サーチは皆に促《うなが》されたので仕方なく考え、渋々答えた。

どうやら彼は報復をする派らしい。

「なら、王子さんがまさにその状態だって分かったか？」

マークは今度こそ理解出来たかと訊いた。

これでもまだ【真実の愛】とやらをほざくなら、もう一発お見舞いしようと拳《こぶし》を用意する。

「メリッサ嬢がお前。アレク王子がリース」

理解が遅いサーチに呆れつつ、フランツがさらに嚙み砕いて説明する。

メリッサの心情は複雑だ。自分達に置き換え説明されたからだ。

だが、それでアレク王子のしている事が分かったのか、サーチはみるみる内に形相《ぎょうそう》が変わっていった。

「…………コロス」

サーチがフルフルと拳を握り呟《つぶや》いた。

「「「……」」」

例え話を出してやっと理解してくれたのはイイが、それはそれでドン引きな返答だった。

サーチの愛とやらがとてつもなく重く深い事だけが、皆には良く分かった瞬間であった。

◇＊◇＊◇

「この事案は今日までにやっておけと伝えただろう‼」

帰宅する時間となって、やっと現れたアレク王子の怒号が生徒会室に響いた。まさに自分の事は棚上げで。

結局あれから、サボり魔の王子が遊んでいるのに、自分達は真面目に仕事をするのはバカバカしいという結論となり、皆で放棄していたのだ。

楽しくお茶会を開いて、アレク王子の悪口……陰口を叩《たた》いていた。

そのお茶会の場で、アレク王子がいかに遊《あそ》び呆《ほう》けているかを知ったサーチは、アレク王子を見限り始めていた。

婚約者であるメリッサ的には複雑だが、自分の苦労を知って同情してくれる仲間が増えるのは有り難い事である。

マーガレットとの浮気を【真実の愛】と思い込まされていたサーチだったが、テラスからたまたま見えたリースの姿に驚愕《きょうがく》。知らない男子生徒と仲良く歩く光景を見て、こういう事かと完全に理解したようだった。

ちなみにそのサーチは感情そのままにテラスから飛び降り、現在リースに詰め寄りに行っている。

リースの行動が浮気ではなく、ただ一緒に歩いていただけ……であって欲しいと願う皆だった。


「何を黙っているんだ!!」

沈黙したまま誰も口を開かないので、アレク王子はさらに憤慨していた。

「大変申し訳ありません。メリッサ様は具合が悪いと早退なされましたので、〝代わりに〟会長の指示がありませんと案件が進みません」

わざとらしく、会長のお前がメリッサの〝代わり〟なんだよと嫌みを含ませ、マークは書類の束《たば》をアレク王子の目の前にすべらせた。

メリッサはお茶会がお開きになってすぐ、皆に見送られ先に帰宅していたのだ。アレク王子が来た時の口実にするためだ。

とはいっても、良く目を通せばサインだけで済むようにしてあるモノばかりである。読む気があればの話だが。


「何？　私に黙って帰ったのか」

アレク王子は眉根を寄せた。

皆に伝えて自分に伝えていかなかったメリッサに、アレク王子は少しだけ不服そうだった。

「生徒会の時間なのに〝何故か〟殿下がいらっしゃらなかったもので」

〝何故か〟を強調し、マークはニコリと笑ってみせた。

しかし、目は一ミリも笑ってなどいない。暗にテメェサボってんじゃねぇよ！　と言っているのだ。

「……っ。私とて忙しいのだ!!」

マーガレットと会うから？

皆は半目だった。

「さようでございましたか。では、我々はこれにて失礼致します」

王子の話を適当に流し、マークはソファから立ち上がった。

これ以上時間を割くのはバカバカしいからだ。


「待て!!　これを私一人にやらす気なのか!!」

アレク王子はバンと机を叩き、慌てたように皆に言った。

マークどころか、マリアン達まで扉に足を向け始めたからだ。

「殿下。〝副〟会長であるメリッサ様はその量を〝いつも〟お一人でこなしておられましたわ」

「メリッサ様に出来たのですから〝会長〟である殿下ならお一人で〝簡単〟に出来るでしょう」

「いつも、会長の手腕には脱帽致します」

「「「では」」」

と、全員一斉に頭を下げた。

皆は申し合わせたように持ち上げながら落とすという、奇妙な言動をし足早に扉に向かった。

アレク王子が〝浮気〟で忙しいように、こちらは〝勉強〟で忙しいのだ。尻拭《しりぬぐ》いなどしたくない。

「なっ！」

言い足りないアレク王子が、皆の背に向かいまだ何か言いかけていた……が、全力で聞こえないフリをした。

振り返ってしまえば、ほだされてしまいそうだからだ。○○ほど可愛《かわい》いモノである。美形で可愛いから余計なのだ。

だから、心底嫌いにはなれない。厄介なお方だと、皆は溜め息を吐くのであった。

第三章　困惑

「……何故《なぜ》」

メリッサは帰宅して早々に、目を見張っていた。

帰宅するや否や執事に客間に来るようにと伝えられ、着替えもそこそこに慌てて向かえば、いる筈《はず》のない人がいたからだ。

父が自分よりも先に帰宅していた事も驚きなのだが、何故かそこに王弟であるアーシュレイもいたのだ。

「私がいては、不服なのかな？」

アーシュレイは紅茶を飲みながら、面白そうにしている。

「滅相もございません」

そういうわけではない。普通に帰宅して殿下がいれば、気構えていないだけに息が止まりそうだ。

後は純粋に、なんの用で来ているのかが気になっただけだった。

「国事……とだけ教えておこうか？　メリッサ」

気にしているのがバレたのか、王弟殿下がニコリと笑った。

「不躾《ぶしつけ》な視線を向け、大変失礼致しました」

自分が問うていいモノではなかったと、素直に非礼を謝罪した。

仮に自分が王妃になっていたとしても、目でモノを言ってイイ相手ではないのだ。

「構わないよ」

気にした様子もなく、アーシュレイはソファから立ち上がった。

父との話は終わっていたのだろう。


「メリッサ。少し話をしようか」

帰るのかと安堵《あんど》していたメリッサは、思わず「は？」と言葉を漏らすところだった。

「庭園の薔薇《ばら》はちょうど見頃だ、メリッサ」

父に助けを求めたら、予想外の言葉が返って来た。

庭園の～なんて言うのだから、そこで話すといいって事なのだろうけど……。

何故？　とは訊《き》けず、メリッサは仕方なく「はい」と返事をした。

◇＊◇＊◇

「見事だね」

アーシュレイは庭園の薔薇を見て、目を細めた。

王宮に負けず劣らずと言われている侯爵家の庭園。以前アレク王子が来た時も、同じように「見事だ」と言っていたのを思い出す。

あの時はまだ、私の事を婚約者として扱ってくれていた。

いつから、心変わりを……とは考えなくても分かる。

マーガレット＝ブロークンという男爵家の少女が現れてからだ。

どう知り合ったかまったく分からないが、高等部に入って出会ったとだけ人伝《ひとづて》に耳にした。

しばらくするとアレク王子は、侯爵家にはパタリと遊びに来なくなった。それと同時に昼休みや放課後、彼女と二人でいるのを度々見かけるようになった。

夜会のエスコートは徐々に減り、マーガレットをエスコートする姿を見始めた。メリッサに対する贈り物はなくなり、その分マーガレットが身に付ける物に変化が起きていた。

明らかに身《み》の丈《たけ》に合わない、ドレスや宝飾品が増えていった。


そして……極めつけは先日の夜会である。

マーガレットが着ていたのは、王族のみに許されている〝エストールブルー〟のドレスだ。今まで婚約者であるメリッサだけが、着る事を許されていた色。

あれを見れば、マーガレットがアレク王子の〝何か〟なんて訊かなくとも分かる。メリッサの自尊心はズタズタである。馬鹿にするにも程がある。

浮気も最低だが百歩譲ってそれを許したとしても、婚約者であるメリッサは立てるべき。なのに堂々と蔑《ないがし》ろにし、浮気相手のマーガレットまでもがメリッサを小馬鹿にした態度だった。

メリッサの心は日に日にすり減り、今はもう疲弊しきっていた。

「……っ！」

メリッサの目の前が、突然真っ暗になった。

「上の空はいけないな、メリッサ」

アーシュレイが、メリッサの顔を覗《のぞ》き込《こ》んで微笑《ほほえ》んでいたのだ。

どうやら、返答が曖昧になっていて心がココになかったのを、見抜かれてしまったみたいだった。

「た、大変……申し訳ありません」

そう謝罪しながら、慌てて数歩下がった。

アーシュレイの美貌が目の前にあり、ドキドキしてしまったのだ。

その挙動にクスリと彼が笑えば、頭上から降る美声に胸がドキリと跳ね上がる。

そして、アーシュレイからフワリと香る、優しく甘い香り。アレク王子にはない大人の香りだ。

メリッサは色んな意味でクラクラとしていた。

「どうせ、アレクの事だろう？」

耳元でそう言われ、メリッサはさらにドキリとした。

それは、アレクの事と言われた事になのか、耳元に掛かる美声になのか、もはや自分では分からない。ただ、なんだか無性に……胸が痛くなっていた。

「気にするなとは言わない……だが、アレのために泣くのは少々妬《や》けるね？」

「……え？　あっ」

メリッサ自身も気付かなかったが、アレク王子との懐かしい思い出を振り返っていたら、自然と涙が溢れていたようだった。

「ん」

メリッサの涙をアーシュレイが、キスで拭《ぬぐ》う。

目元に優しいキスを降らせたのだ。

それは涙の跡を辿《たど》るようにゆっくりと、目元から頬に、頬から――

――その時、パチリと目が合った。

「そんなに無防備だと、食べたくなるね？　可愛《かわい》いメリッサ」

そう言ってアーシュレイは、メリッサの口端《くちのは》をわずかに掠《かす》めるようなキスを一つ落とした。

「〜〜っ⁉」

メリッサは一瞬何が起きたか、分からなかった。

だが、口の端《はし》に何かが触れたような感覚はある。それが、アーシュレイの唇だと理解するのに数秒掛かっていた。

そんなメリッサを横目に、アーシュレイは食べ残しでも拭うように、自身の口を妖しく艶《なまめ》かしく親指で拭った。

「……っ！」

その妙な艶っぽさに、メリッサは口を押さえたまま頬を紅《あか》く染めていた。

ひっぱたいてもイイ出来事だ。なのに、手は王弟殿下の頬には伸びず、自身の口や頬を隠すのに精一杯だった。

熱を帯びた頬を見られたくはなかった。だけど、その妖しく光る瞳から、何故か目が離せなかったのだ。

逃げなきゃダメと警告する自分と、まだ見ていたいと思う自分が頭の中で戦っていた。

戸惑《とまど》いながらもメリッサは、足を少しだけ後ろに引き距離をとる。それが今、メリッサの出来る小さな小さな抵抗。

「さて、今宵《こよい》見る夢はアレクかな？　それとも？」

戸惑うメリッサを愉《たの》しげに見つめ、アーシュレイはゆっくり近付くと、メリッサとの距離を縮めた。

「良《い》い夢を」

そう言って、今度は口を押さえるメリッサの手の甲に、優しいキスを落として去っていったのであった。


——次の日。


「え？　結局、誰も手伝わなかったの？」

生徒会室に来たメリッサは、皆の話を聞いて驚いていた。

後はどうにかするから、帰ってイイと言われ帰路に就いたけれど、まさか本気で誰も手伝わないとは思わなかった。

「マーガレット嬢とやればイイと思って、気を利《き》かせてみた」

マークは微塵《みじん》も思っていない事を白々しく口にする。

浮気相手とされるマーガレットは、一般の部門の生徒だ。学力が多少なくとも、寄付をするか爵位があれば入れる部門。その中でも真面目に勉学に励《はげ》む者達《たち》も勿論《もちろん》いる。だが、アレク王子と四六時中ラブラブ状態で、勉学に励んでいる気配はなさそうだった。

そんな彼女が、生徒会の仕事を手伝えるわけがない。マークは適当かつ嫌みを交えて言ったに違いない。

「それで？　出来ていたの？」

やってやれない事もないだろうけど、いつもブラブラ遊んでいる彼が真面目にやったのだろうか？

「出来てたわよ。一応」

友人とはいえ普段はなるべく敬語を使うマリアンが、敬語も忘れ苦笑していた。

出来ていなかったら文句の一つや二つ、言ってやろうと意気込んで来ただけに、どこか肩透かしを食らったみたいでマリアンはガッカリしているようだった。

「やれば出来るんだよなぁ」

だから、余計にイラッとする。マークの声にはそんな悔しさが混じっていた。

「それで、当の殿下は？」

相変わらず姿は見えないが、メリッサは一応辺りをキョロキョロ。うん、安定していらっしゃいません。

「いる方が奇跡。〝使えない輩《やから》め〟って書類を投げ付けてマーガ……じゃねぇや中に……えっと」

「構わないわよ。事実を」

口を濁すマークの小さな優しさに笑いつつ、メリッサは訊いた。

嘘《うそ》を吐かないのも、ある意味優しさだ。

「マーガレットさんの所？」

「安定しているわね」

もはや、呆《あき》れを通り越して感服する。

かつて、自分の所にここまで通ってくれただろうか？

思い出しても通って来てくれた覚えがまったくない。それはもう、悲しいくらいに。


「ところでサーチとリースは？」

あの二人もここにはいない。生徒会員であるサーチの手伝いに、サーチの婚約者であるリースも良く来ていたのだが、最近見ていない。

あれから、何もなかった事を祈るのみ。

「あ〜」

訊いた途端にマークは遠い目をしていた。

何かがあったのは確かなようである。

「マリアンは知っているの？」

婚約者のマークから聞いているのかと、メリッサは訊いた。

「私もまだ、聞いてないのよ」

そう言ってチラリと婚約者を見た。ちょうど訊こうとしていたところだったようだ。

「教えてくれるかしら？」

これでも友人として、サーチもリースも心配しているのだ。

なるべくなら円満に解決してもらいたい。

「ナンか大変？」

「「マーク」」

肩を落としておどけたマークに、メリッサ、マリアンはハッキリ言えと詰め寄った。

大変？　というアバウトな答えは待っていないのだ。

怖っと声を上げ、マークは渋々口を開いた。


「結論から言うと、リースが一緒にいた相手は、ただの同級生だった」

「あぁ。やっぱり同級生」

メリッサとマリアンは、やはりそうだったかと安堵した。

あのリースに限ってとは思っていたが、話を聞く限りやはり浮気ではなさそうだ。同級生とたまたま一緒にいただけで、なんの問題もないだろう。では、何が大変なのか。

「サーチっていつもあぁだろ？　だから、構って欲しくてわざと見せつけてたんだってさ」

マークは両手を頭に乗せ、ソファにもたれ掛かった。

聞いてみれば実にアホらしい話だった。

「何ソレ。ヤキモチを焼かせたかったって事？」

「そういう事」

「あ～」

マリアンは思わず呆れたような声を出してしまった。

だけど、くだらないとは言えなかった。考えてみるとサーチは、いつも妙に生真面目でまっすぐだ。リースを大事にしているようだが、言葉や表情には出さない。

だからリースは、わざとこの生徒会室から見える所で他の男といるのを見せつけ、自分を本当に好きか試したかったのかもしれない。

「それの何が大変なの？」

「サーチの嫉妬深《しっとぶか》さが半端なくなった」

「半端ない？」

メリッサとマリアンが顔を見合わせた。

「彼女の周りに男が近付くと、どういう理由で近付いたのだと身分を調べられ関係を調べられ……

排除みたいな？」

「「あ～」」

「俺も例外なく近寄れない」

マークがお手上げとばかりに苦笑していた。

相変わらず無表情ではあるが、超絶な束縛に変わったようだ。極端過ぎる。親友でもあるマークでさえも、ことごとく調査されたとの事だった。


「ちなみに、お前等も調べられているからな？」

他人事《ひとごと》のようにしているメリッサとマリアンに、マークは半笑いを浮かべた。

「「は？」」

女である自分達が、何故調査されなければならないのかが分からない。そもそも今更、身分を調査する必要性が見出《みいだ》せない。

「男はゴミ屑《くず》。使えない女は塵《ちり》」

「……何ソレ」

メリッサは押し黙り、マリアンは唖然《あぜん》としていた。

サーチ曰《いわ》く、リースに近付く男は問答無用で排除。リースにいらぬ情報や知識を与える可能性のある女は不利益。どちらももれなく排除だそうである。

「え？　リースはそれでいいのかしら？」

「しらねぇ」

マリアンが心配そうに訊けば、マークは空笑いしていた。

第四章　豆菓子

「メリッサも一度同じ事やってみれば？　反面教師的な？」

そうすれば、もしかしたらサーチみたいに嫉妬《しっと》してメリッサの大切さに気付くかも……とマークは窓の外を見た。

「コレ幸いと、婚約を破棄する未来しか見えないけど？」

メリッサは腰に手を当て、呆《あき》れていた。

残念な事にあのアレク王子は、浮気をしていながら、自分は非がないと公に云《い》えるように、メリッサの弱みを探している様子が窺《うかが》えた。マーガレットとの正当な結婚を模索しているのだ。

万が一にでもメリッサに何か落ち度があれば、喜んで断罪するに違いない。

「それな……っ痛《いて》ぇ！」

「〝それな〟じゃないわよバカ」

マークの頭を軽く叩《たた》いたマリアン。

親友の未来を潰さないで欲しいと、婚約者のマークをひと睨《にら》み。マークは肩を落としていた。

「マーガレットさんは、そんなに魅力的なのかしらね？」

アレク王子が立場を忘れて熱を上げるほどに。

メリッサは溜《た》め息《いき》混じりに呟《つぶや》くと、気分転換にテラスに向かった。少し風にあたれば気分も変わると思ったのだ。

「あっ」

そんなメリッサを止めるような声が、背後から聞こえた。

「アレクさまぁ。こんな所でダメですよぉ」

「ならば、どんな所なら良《い》いんだ？　マーガレット」

テラスから見えない聞こえないと思っているのか、少し離れた木陰《こかげ》から声が聞こえた。恋人の密会のような、甘い声がだ。

相変わらず、そこでデートを重ねている様子だった。

背後から聞こえたのは、二人がそこにいるだろうと、薄々気付いていたマークが止めようとした声だった。

メリッサは二人の姿を確認すると、無意識にスカートをギュッと握った。

それは、嫉妬からなのか、婚約者としての誇《プライド》りを傷つけられた悔《くや》しさからなのか、本人さえも分からなかった。

ただただ、無意識に摑《つか》んでいたのだ。

「メリッサ」

マークとマリアンはどう言葉を掛けていいのか分からなかった。

安易な慰《なぐさ》めは、余計に彼女の心を傷つける恐れがあるからである。

「もぉ、やだぁ～」

「逃げるなマーガレット」

見られている事に気付かないのか、アレク王子達は完全に二人の世界に浸っているようだった。

そして、抱き合うと――


――キスをしたのである。


「……っ！」

その瞬間、メリッサの頬が瞬間的に熱を帯びた。

アレク王子の浮気に対して、怒りや嫉妬から顔が熱を帯びた――

――のではない。

何故《なぜ》かアーシュレイ王弟殿下の顔が浮かんだからだ。

あの時の口の端《はし》を掠《かす》めるようなキスが急に、しかも妙に鮮明に頭に浮かんだのだ。

メリッサは感触までもさえ思い出し、恥ずかしさに堪《たま》らず扉に向かって走りだしていた。絶対に今、頰が紅《あか》いに違いない。そんな姿を見られたくなかったのだ。

「メリッサ‼」


走りだしたメリッサを、マーク達は慌てて呼んだ。

顔を覆っていた事で泣いていたのではと、勘違いしていたのだ。

あの気丈な彼女が、涙を見せた……と思ったマーク達は、メリッサを心配したと同時にバカ王子とマーガレットに怒りを覚えたのだ。

マークとマリアンは目配せすると、マリアンはメリッサの後を追って生徒会室から出ていった。

残ったマークは、苛立《いらだ》ちを隠さず舌打ちをしていた。

メリッサに対する仕打ちは許せない。マーガレットと婚姻したいのなら順序がある。節度を守り、順を追ってメリッサとの婚約を解消すればいいだけの話だ。

王子だからといってこんな形で不誠実に、彼女を傷つける権利はない筈《はず》だ。

将来あんなヤツの下に就くのかと思うと、マークはヘドが出る思いだったのだ。

マークは今までの所業をも思い出し、さらに苛立っていた。そして、テーブルの上の皿にあった豆菓子を見つけると摑み取り、アレク王子とマーガレットのいる木に向かって大きく振りかぶった。

木陰の上、木に向かって豆菓子を思いっきり、日頃の恨みを込めて投げつけたのだ。

バシッと豆菓子が葉に命中すると。

「きゃあぁぁァァ～～ッ!!」

「うわぁぁァァ～ッ!!」

マークの耳には心地いい悲鳴が聞こえてきた。

「いやぁァ～。なんなの～!!」

あの二人の頭上からバサバサと鳥の羽音が聞こえた瞬間、無数の毛虫や鳥の糞《ふん》が落ちてきたのだ。

そして、騒ぐ二人の足元を、鳥達が我先にと突っついている。落ちた豆菓子や毛虫を探して突っついているのだ。

あの木は鳥の集会所と化しているのを知っていた。だから、マークは鳥に裁きを任せたとばかりに、豆菓子を投げつけたのだ。

「アハハハハ!!」

マークは毛虫や糞まみれになって泣き叫ぶマーガレットと、アレク王子の様子を見て腹を抱えて笑っていた。

そして、親友の心を傷つけた事を少しは後悔すればイイとこう叫んだ。

「ざまをみろ!!」

第五章　メリッサのひとりごと

——数日後。

メリッサは自室のソファに座り、夜会の招待状の束《たば》を見て、溜《た》め息《いき》を漏《も》らしていた。

結婚相手を探す者。伸《の》し上がるための人脈を探す者。コネを作る手段にと開く者。ただ財力を自慢したい者。目的は人それぞれ。

色々な思惑《おもわく》を抱いた者達《たち》が開くのが夜会だ。

下は男爵から上は公爵まで、百家以上はいる者達がどこかで開けば、毎夜のようになるわけで……今夜もどこかの邸宅や会場では夜会を開催しているのだろう。

「憂鬱《ゆううつ》でしかないわね」

侯爵家の令嬢ともなれば、招待状は毎日山のように来る。

仲良くしたい人達や、侯爵令嬢との繋《つな》がりがあるのだと他家に自慢したい者からの招待状だ。

すべてに目を通していたメリッサは、疲れたような溜め息を漏らす。

侯爵家には、優秀な侍女や執事達がいる。本来ならメリッサがそのすべてに目を通す必要はない。彼らが精査しメリッサにとって必要なモノだけを渡せば良いのだ。

だが、メリッサは出来る限り目を通していた。執事達に価値なしの判を押されても、メリッサにとっては何か価値がある事もあるからだ。

「どういう意図なのかしら？」

メリッサはとある招待状を見て、呆《あき》れたように呟《つぶや》いた。


【マーガレット＝ブロークン】

メリッサの婚約者であるアレク王太子の浮気相手、その人である。

封蠟《ふうろう》は取れている。

執事長か侍女頭が確認しているからだ。

そして〝問題なし〟とされているモノだけが、メリッサの元に届く。ちなみにだが、この二人が問題なしとしているのは、メリッサにとって有益か……ではない。

すべてに目を通すというメリッサのために、直接害がないか調べている程度。招待状の顔をした手紙にはガラス片や毒、色々と仕込まれているケースがあるからだ。

それらを排除した上での問題なし。もし、父に宛て送られた招待状ならマーガレットからのものなど、開封するまでもなく、火にくべられていただろう。

だが、ここにある……という事は、メリッサの判断に任せるという考えなのだろう。

メリッサはどうしたものかと、しばらく考えていた。

「挑戦状とか？」

メリッサは中を見ず、封筒をクルクルと回して弄《もてあそ》ぶ。

人の婚約者と、浮気している自覚はあるのかさえ分からない。自覚していないのなら、ただの招待状。それでも厚顔無恥だが。

浮気している自覚があるなら、挑戦状。または、果たし状？

アレク王子は行くのだろうか？

いや、彼に招待状を送ったとしても、なんの接点も利益もないブロークン男爵家の夜会など、補佐官か侍女頭の誰かに破棄され、王子の目に触れる事もない筈《はず》。

——あぁ、手渡し？　口頭？

その可能性の方が高いと、メリッサは乾いた笑いが漏れていた。

「熱い紅茶をお淹《い》れ致しましょう」

「ええ。ありがとう」

マーガレットの招待状に啞然《あぜん》としていたため、侍女頭がいたのをスッカリ忘れていた。

「甘い物も少しお持ち致しましたので、気分直しに御召し上がり下さい」

「気を遣わせてしまったわね」

「次期王妃ともなられるお嬢様。気苦労は計り知れないと存じます」

熱い紅茶を淹れ直し、クッキーの皿を用意してくれる侍女頭サリー。彼女の優しさが、紅茶と一緒に身体《からだ》を温めてくれた。

ふぅと小さく溜め息を一つ吐き、メリッサは思いを吐露し始めた。

「その王妃だけど、ならないかもしれないわ」

それは呟きにも似た小さな声。

「何故《なぜ》でございますか?」

サリーは驚愕《きょうがく》している様子だったが、表情は常に冷静だ。

「私の……意欲の問題かしら」

正直、なんのために王妃になるのかが分からなくなっていた。

初めは物心もつかないうちの王命。その後にアレク王太子の人柄に惹《ひ》かれ、今はなんのためなのか。王妃は意地でやるモノではない。

まだ愛が残っていたのなら頑張れた。だが、マーガレットとの逢瀬《おうせ》を見せつけられ、苦悩していた。王になる王太子に愛されず、それどころか自分を蔑《ないがし》ろにさえする彼を支えられるのだろうか。

王命である以上マーガレットがいてもいなくても、このまま王妃にはなれるだろう。しかし、なりたいかと訊《き》かれたら否だ。

「意欲……ですか？」

サリーは、返答に困っていた。

メリッサに気の利《き》いた言葉を掛けたい。だけれども余計な言葉を放つのは、無責任な気がして憚《はばか》られたのだ。

「私のひとりごととして聞いてくれるかしら？」

「はい」

「アレク殿下は今、私以外の女性《かた》に懸想していらっしゃるの」

「……っ」

「以前の私なら胸が痛んだかもしれない。だけど、今の私の胸にはなんの感情も湧かないのよ。いてもいなくても……ただ」

「ただ？」

「私の時間は返して欲しいと思うわね。やりたい事も我慢し、友人との交遊も制限を掛けられ、不自由したのだもの」

「……お嬢様」

ひとりごとと言って初めて愚痴を吐露したメリッサに、侍女頭サリーは胸を痛めていた。

王太子の話はしなくなったとは感じていたが、ここまで蔑ろにされているとは想像していなかったのだ。もとより贈り物の少ない王太子ではあったが、浮気までしていると知り、サリーの腸《はらわた》は煮えくり返っていたのだった。

侍女頭サリーにはそう言ったが、実際メリッサはどうしようか悩んでいた。

父と母は事情を話せば婚約を白紙、或《ある》いは解消に動いてくれるかもしれない。

でも、何も事が起きずに鎮まるとも思えない。

王命で娘がアレク王子の婚約者となり、教育を受ける事になったのだ。娘の人生が一変したのである。

メリッサはアレク王子の婚約者になったと同時に、次期王妃となっていたのである。

それが、新しく懸想する女性が出来たから、ハイ其方《そちら》に替わりますとはいかないのだ。そんなにすぐ、すげ替えが出来るのであれば、幼少時から婚約者の選出はしない。メリッサは王太子妃教育もすでに受けていた。その教育にかかった時間と労力が無駄になる。

そして、婚約が白紙になり痛手を受けるのは、どう考えてもコチラ側。メリッサを含むフォレッド家である。父の事だから可愛《かわい》い娘かはさておき、家名に傷を付けた王子に何か仕掛けるだろう。

はたして、それはメリッサにとって吉と出るか凶と出るのか……。アレク王子の出方によっては、さらに面倒な事態になる事も考えられた。

◇＊◇＊◇

「何故、私が知り合いでもない方の夜会に、行かなければいけませんの？」

それから数日経《た》った休み明け、メリッサは生徒会室で首を傾《かし》げていた。

どうして、メリッサがそのような事を口にしていたのかと云《い》うと、放課後生徒会室に来てみれば、普段いる筈のないアレク王子がいたのだ。

珍しいなと驚いていると、彼がこう言ったのだ。

「何故、マーガレットの夜会に行かなかった」と。

はて？　彼女は友人どころか赤の他人。その彼女が開いた夜会に何故行かなければいけないのか、理解が出来ない。

余程の有益でもない限り、序列の低い男爵家の開く夜会に行く理由がない。

「招待状が来ていたであろう。何故来なかったのだ！」

声を少しばかり荒らげて、アレク王子はもう一度言った。

「何故とおっしゃっても、行く理由がありませんわ」

改めてメリッサは、首を傾げた。

「なっ！」

憤慨したのか、シレッと返されて絶句したのかアレク王子は黙り込んでいた。

「むしろ何故、私に招待状が来ていたのをご存知なのかお訊きしても？」

マーガレット嬢の婚約者であるならば知り得るかもしれないが、本来何も関係のない筈の彼女の夜会の招待客を、何故アレク王子が知っているのか。

「マーガレットが教えてくれたからだ」

「赤の他人の殿下に……ですか？」

「赤の他人ではない。ゆ、友人だ」

バツが悪いのか、急にしどろもどろになるアレク王子。メリッサが何も知らないとでも思っているのだろうか？

「ご友人ですか？」

「そうだ」

「そもそも良く分からないのですが、殿下のご友人のマーガレット様が何故私に招待状を？　大体、殿下とマーガレット様はいつどこでどのような接点を？」

身分など関係なく色んな人と接点を持つ事は、決して悪い事ではない。だが、特定の人物と、必要以上に懇意《こんい》にするのは良くないのだ。

それが、異性ともなれば余計にである。

「お前には関係のない事だ」

「えぇ、そうですわ。ですから私も行きませんでした」

「っ！」

アレク王子の言葉を借りるなら、自分も〝関係がない〟のだから行く理由がない、メリッサはそう言ってニッコリと微笑《ほほえ》んでみせた。

「アレク殿下。今日はコチラにいましたか。目を通して欲しい書類があるので良かったです」

ちょうど扉を開けた時にアレク王子が目に入り、マークが嫌みも含めて軽く頭を下げた。

アレク王子がわざわざメリッサに、訳の分からない苦情を言いに来たばかりに他の人達が集まって来てしまっていたのだ。

「書類は預かっておく。私がいないと何も出来ないのか役立たずめ」

メリッサに思わぬ反撃を食らい、怒りが収まらないアレク王子。

たまたま会ったマークに八つ当たりのような言葉を放ち、書類を奪うように取り去っていったのであった。

「何あれ？」

少しイラッとしたマークが、目線だけを足早に去るアレク王子に向けた。

仕事だと来てみれば、とんだとばっちりであった。

「私が、マーガレットさんの夜会に行かなかったのが気に食わないのよ」

「あぁ、俺宛にも来てたな」

マークが呆れたように口にすれば、「私にも来ていたわ」とマークと一緒に入って来たマリアンが言った。

どうやら、夜会の招待状はマークにも、マークの婚約者マリアンにも届いたらしい。

アレク王子とマーガレットの所業に、マリアンは苛立《いらだ》っているようだった。

「祖父や曽祖父の時代ならまだしも、今は愛人や妾《めかけ》を持っていい時代じゃないのよ？　なのに、堂々と浮気なん――」

そこまで言いかけたところで、メリッサがいた事を思い出し、マリアンはゴメンなさいと、謝罪した。

アレク王子の悪口を、婚約者の目の前でなんて無神経だったと。

「構わないわよ。私もそう思うから」

メリッサは溜め息を吐いた。

マリアンの言うように、王族といえど、今や昔のように愛人や妾を簡単には持てない世なのだ。

何十人も持った王が、後に後継者争いに巻き込まれ、何人かの王子共々亡くなった例があるからである。

もし、王妃に子が出来ないのなら、側妃を迎える事になるだろうが、浮気はあり得ない。

「大体、浮気するくらいなら、先に婚約を解消しろよ。それが最低限のマナーとケジメだろ」

吐き捨てるようにマークが言った。

一見マークは軽そうに見えて、根が真面目でこういうのを嫌う人だった。

なのに、幼馴染《おさななじ》みであり友人でもあるメリッサを蔑ろにしていれば、マークの憤《いきどお》りは深かった。

「そう言ってくれる人がいる。それだけでも良かったわ」

メリッサは心底からそう思った。

第六章　メリッサの初動

「家がどう出るかは知らねぇけど、一個人としてはお前に付く。力になれる事は少ないが、なんでも言ってくれ」

マークがドンと胸を叩《たた》いてそう言ってくれた。

王太子相手に、彼が出来る事は少ないだろう。だけど、幼馴染《おさななじ》みのために、何かしてやるという意気込みは強く感じる。

メリッサはそれだけでも、嬉《うれ》しかった。

「私も力になるわよ。何かあったら言って」

マークの婚約者マリアンも、同じように言ってくれた。

婚約者には恵まれなかったが、友人達《たち》には恵まれたらしい。

「ありがとう。でも、その前に父に掛け合ってみるわ。それでもダメな時は――」

「協力するよ」

メリッサがお願いするかもと言葉を口にする前に、マークとマリアンが大きく頷《うなず》いてくれた。

彼等《かれら》も立場がある。だが、出来るだけ力になると言ってくれた。それだけで、メリッサの心は救われる。

「いいか。我慢はするなよ。俺達がいるんだからな」

生徒会室から出ようとしたメリッサの背に、マークの心強い声が掛かった。

「ありがとう」

メリッサはお礼を言って、生徒会室を後にした。

自分は一人ではない。そう思えるだけで心強かった。

◇＊◇＊◇

父が帰宅するまでの間、メリッサは酷《ひど》く緊張していた。

利益と私情は別と考える父だ。その父に、アレク王子との婚約を解消したいと言ったらどうなるのか、不安しかなかったのだ。

「お嬢様、旦那様がお帰りになりました」

「ありがとう。サロンに……いえ、直接書斎に向かうわ」

副執事長が教えに来てくれた瞬間、心臓がドクリと跳ね上がった。

サロンでゆっくりと話をと思ったが、多忙な父の事だ。書斎に向かうのが一番良《い》いだろう。

「お帰りなさいませ。お父様」

「バカ王子の事で話があるのかな？」

エントランスで父を出迎えたら、すべてを見越しているような目でメリッサに言った。

出端をくじかれ、メリッサは思わず言葉を呑《の》み込《こ》んでしまった。

「こんな事くらいで、言葉に詰まるんじゃない。ハンナ、書斎に茶を」

「かしこまりました」

父はメリッサの頭を軽く小突くと、近くにいた侍女に紅茶の用意をするように言ったのだった。

母は、何も言わずに微笑《ほほえ》んでいたけど、内心不安に違いない。

「で？」

ソファに座った父は紅茶を一口飲み、持ち帰って来た書類に目を通していた。

それで？　と促《うなが》されると、メリッサはさらに緊張する。

もはや、話の主導権は、完全に父にあったからだ。

「結論から申し上げれば、アレク殿下との婚約は白紙にしたいのです」

「理由」

「いずれは王妃となり、彼を支えていこうと絆《きずな》を深めるつもりでいました。ですが、私の一方通行では絆など築けません」

「だから？」

「この婚約は白紙撤回して頂きとうございます」

まだ、書類から視線を動かさない父に、メリッサは強い口調で口にした。

強く言わないと、父の圧に負けそうだったのだ。


「マーガレット＝ブロークン」

「……っ！」

「随分と熱心らしいな？」

「……はい」

書類にサインをしながらも、父は冷ややかに言った。

父はすべてを知っている。この言葉でメリッサはそう確信した。

「何故《なぜ》、もっと早くに報告がなかった？」

書類をめくる音だけが異様に響き、メリッサをさらに緊張させていた。

「申し訳ありません。自分で――」

「改善しようとしたが、失敗した？」

「はい」

結果、何も出来ず、逆に悪化したのだから、言い訳でしかない。

メリッサも何もしないでいたわけではない。アレク王子に優しい言葉を掛けたり、二人の時間を作るようにもした。

だけど、メリッサが何を言っても、マーガレットに夢中になっている彼には何も響かないのだ。

むしろ、言えば言うほど関係が悪化するだけだった。

「逐一《ちくいち》報告するのは、煩わしいかと今に至りました」

父に言いたい時も勿論《もちろん》あった。

だが、それを毎回報告するのは、鬱陶しいだけだと判断していたのだ。

「もう少し早くても構わなかったのだが、言い辛《づら》かったか」

「いいえ。私の傲《おご》りでした」

婚約者の不貞だ。された側としては言い辛いかと、父は冷ややかに笑った。

それがないと言えば嘘《うそ》になるが、時間をおけば改善出来るかもしれないと、メリッサが思ってしまったが故の悪化だった。

「ローズ達も口を噤《つぐ》んでいたし、グルか？」

母もメリッサの気持ちを汲み取り、アレク王子が夜会に必要な贈り物、迎えがない事すら父には伝えていなかった。おそらく使用人達も同様だろう。

だが、父は知っていたようだ。独自に調べたか自身で勘付いたかは分からないが。

「私がお願いして、黙っていてもらいました」

メリッサは皆を咎《とが》めないでと、お願いした。

自分のためにやってくれたのに、裁きがあったら申し訳なさ過ぎる。

「皆、お前の味方か」

だが、父は怒らず呆《あき》れたように溜《た》め息《いき》を吐いていた。

当主の自分に報告するより、娘のする事を見守り、優先したのだ。娘を可愛《かわい》がるのは良いが、如何《いかが》なものかと溜め息が漏れたのである。

「まぁ、それは不問としよう。だが、どうしたものかね？」

父は書類から目を離し、紅茶を一口飲んだ。

そう言うのだから、やはり簡単には白紙に出来ないのだろう。

「私に咎はありますか？」

関係を修復出来なかった自分にも、咎はあるのかもしれない。だって、諦めてしまったのだから。

「いや」

「え？」

「不貞をしたのは、ヤツだからな。お前に咎があるわけがない」

父がサラッとそう言うものだから、メリッサは目を見張ってしまった。

てっきり、お前は何故、早々に関係を修復しなかったと言われるのかと想像していたのだ。

「むしろ、我が家を虚仮《こけ》にしたと賠償金か慰謝料を請求したいところだ」

「……」

さて、どうしたものかと顎を撫《な》でる父に、メリッサは唖然《あぜん》となっていた。

何百年も前の時代ではないから、さすがに修道院送りや国外追放はない。だが、何もお咎めなしもあり得ないと、覚悟していたのだ。

相手は王太子だ。不貞をした彼が悪いとしても、何もないどころか慰謝料だけではなく、侯爵家への損害賠償を請求すると言う父に、メリッサは何も言えない。


「浮気は男の甲斐性《かいしょう》なんて時代は、とうに終わっているんだよ。メリッサ」

唖然としているメリッサを見て、父は堪《たま》らず微苦笑していた。

時代錯誤も甚だしい娘に、どういう教育をして来たんだと自嘲する。真面目にも程がある。

「王とて不貞を犯せば、それなりの咎はある」

「え？」

「王妃に子が出来ぬのであれば、側妃が設《もう》けられる。そういう決まりになっているのに、勝手に不貞を犯し不義の子が出来てみろ。王妃側が黙っているわけがないだろう。王妃の後ろ盾によっては、国王とて立場が危ういぞ？　今の王妃はどこの誰だと思っている」

「あっ！」

メリッサはその言葉にハッとした。

現王妃であり、国母であらせられるアマンダは、隣国の元王女であった方である。

その方を蔑《ないがし》ろにしたとなれば、隣国と険悪になる事は間違いなしだ。

交易は確実に止められるだろう。それだけならまだしも、最悪戦争に発展する事もあり得るのだ。

「相手の不貞で白紙になったのならば、大して支障はない。ただ、一部で面白オカシく醜聞は広がるだろうがな」

父は脚を組み、皮肉そうに笑っていた。

相手の責任だとしても、浮気された女として噂《うわさ》は広がっていくだろう。

いつの時代も、不貞をしてもしなくとも、女性の方が注目されるのだ。

「それが王太子となれば、厄介だ。国王夫妻《ふさい》が、お前をいくら可愛がってくれていたとしても、当然我が子の方が可愛い。我が子可愛さに、お前に不利な噂を流す可能性も大いにある。そうしない代わりにと、慰謝料を相殺される可能性は高い」

学園や社交界で、いくら噂になっているとはいえ、王家が本気を出せばどうにでもなる。

アレク王子の心が離れたのは、メリッサに非があったから。

そう王家側が情報操作し、慰謝料を払わない可能性があるという。

「最悪、業腹だが受け入れるしかない」

「……お父様」

メリッサが一方的に悪くなるようなら、慰謝料で相殺するしかない。

そう言う父に申し訳がなくて、俯《うつむ》いてしまった。

もっと早くに相談していたら、違った着地点があったのかもしれない。家名に傷が付くようで、父に申し開きも出来なかった。

「だが、それは下の下の愚策」

メリッサがチラッと顔を上げれば、父は不敵に笑っていた。

「お前に気概があるなら、この父に新しい婚約相手を選ばせてもらえるか？」

「構いませんけど……いますか？」

探すのは一向に構わない、だが、仮にも王子に捨てられた形になる自分に、新たな婚約者など見つかるのだろうか？

「王子と婚約を解消となれば大なり小なり、キズが付くのは致し方がない。だが、そうなると、下はいくらでも名乗りを挙げて来る」

「……はい」

そうだろうと、メリッサは頷いた。

普段なら手も上げられない貴族も、メリッサにキズが付いたとなれば、打診して来るだろう。

「王子の事があって、名乗りを挙げて来るような輩にお前はやれん。バカに一矢報《むく》いを与えられる男を、迎えるとしよう」

「そんな方がいます？」

相手は王太子。

身分にしろ立場にしろ、その上をいく相手。王家をギャフンと言わせる男がいるのだろうか？

メリッサにはまったく見当が付かなかった。

「コーリング侯爵の次子、貿易を牛耳るハイマンの息子、隣国ルーバンドの末王子。ある程度の算段は付けている。しばらく待て」

「……」

メリッサは呆然《ぼうぜん》である。

アレク王子とマーガレットの事を知った時点で、品定めをし選定していたのだろう。

コーリング侯爵の次子ならこの侯爵家をメリッサと継げる。本来メリッサの代わりに継ぐ筈《はず》だった甥の事もあるが、領地を少し渡せば揉《も》めずに済むだろう。

ハイマンとは、ここ数年付き合いがある男爵家。爵位は低いが、貿易が盛んな港町を牛耳っていて、他国との交流も非常に盛んだ。

王家も一目置く存在で、無下には出来ない相手。そこに嫁《とつ》がせる手もある。

ルーバンドは末王子であるが、外交的でアレク王子と見劣りはしない。

フォレッド侯爵は、色々と思考を巡らせていた。


「メリッサ」

「はい」

「お前を不幸にしない相手だ」

「浮気しないのであれば、誰でもいいわよ」

メリッサは父に何か言うのを諦めた。

アレク王子みたいな、浮気で周りが見えなくなる男でなければ、いいかなとメリッサは思ったのだ。

「犬でもか？」

「せめて会話が出来る相手にしてください」

メリッサは父がわざと冗談を言ったので、堪らず笑ってしまった。

確かに犬なら、手綱《たづな》を握れるから浮気する可能性は低い。

だからって、ソレはない。

少し怒ったようにメリッサが言えば、父は「善処しよう」と言うから、メリッサは困ったように笑い、冷めきった紅茶に口を付けるのであった。

第七章　動く事態

——あの後。

書斎で話した後、父はこう言った。

「お前は、心労により部屋で臥《ふ》せっている事にする。しばらく屋敷《やしき》で寛《くつろ》いでいなさい」

「……はい」

何か考えがあると感じたメリッサは、眉根を寄せながらも承諾した。

不安や不満があったわけではない。

ただ、しばらくとはいつまでなのか。そして、屋敷内で何をすれば良いのか困っていたのである。

勉強といっても屋敷内では限りがある。暇を持て余しそうだと溜《た》め息《いき》が漏れていたのであった。

——ひと月後。

メリッサとアレク王子の婚約は、アレク側の有責という事で決着がつき、我が侯爵家には多額の慰謝料が支払われる事となったようだった。

一体、父は何を言ったのか、メリッサには計《はか》り知れない。

そして、アレク王子の素行を見るため、婚約が白紙になった事は、卒業までは表に出さないという事になったのである。

◇＊◇＊◇

父が登城した時、どんな話し合いが起きていたのか。

国王ガナンの執務室では、アレク王太子の婚約継続について話し合いが行われていた。

父フォレッド侯爵は、国王に調査書類を渡していた。

勿論《もちろん》、それはアレク王太子の学園での素行を記載した書類である。

国王も王妃も、一通り目を通したところでフォレッド侯爵が口を開いた。

「アレク殿下は娘メリッサを蔑《ないがし》ろにするだけでなく、不貞を犯しました。それにより、我慢を強《し》いられた娘はついに心労で倒れ、現在自宅療養しております」

「「…………」」

「王命により決まってしまった婚約により、幼き日より厳しい教育を受け、我が娘は自由まで奪われ続けたのです。なのに、この不貞の仕打ちは到底容認出来ません。娘との婚約を白紙、及び教育を受けていた期間分の慰謝料を請求致します」

フォレッド侯爵が強い口調で、医師の診断書と慰謝料の請求書を提示すれば、国王夫妻《ふさい》は目を見張った。

そこに書いてある額は、想定より遥《はる》かに高かったからである。

「白紙云々《うんぬん》はともかくとして、額が大きいだろう⁉」

国王は堪《たま》らず、声を荒らげてしまった。

確かに不貞は良くないだろう。それにより、娘の心身にまで影響を及ぼしたのであれば、白紙も慰謝料も致し方がない。

だが、額がオカシイと訴えたのだ。

「ならば、娘の十年を幾らと致しますか？」

逆に問うと、フォレッド侯爵は冷ややかな目を国王夫妻に向けた。

「幾らって、アレクは王太子なのよ？　少しの不貞くらい目を瞑《つむ》るくらいの気概はないの？」

王妃アマンダは慰謝料の紙を一枚、フォレッド侯爵の前にすべらせた。

払う気はない、と言っているのだ。

なんなら、息子の浮気の一つや二つ許せと。

「ほぉ？　不貞を許せと？」

フォレッド侯爵は、口端を上げげた。

想定内の返答ではあったが、謝罪する体《てい》さえ見せない素振りに、憤《いきどお》りを感じたのだ。

「そうよ？　アレクは王太子。浮気くらい」

王妃はそう言って鼻を鳴らした。

そのくらい許すのが、次期王妃の資質だろうと笑ったのだ。

だが、フォレッド侯爵はそれを撥《は》ね飛ばすように笑い返した。

「なるほど、浮気は男の甲斐性《かいしょう》と？」

「そうよ」

「さすがはアマンダ王妃殿下。実に寛大であらせられる」

アマンダ王妃が浮気を容認するような発言に、フォレッド侯爵は大袈裟《おおげさ》に褒《ほ》め称《たた》えてみせた。

「いやぁ、国王陛下、王妃が寛大な方で良かったですな。浮気は男の甲斐性だと」

「……」

「では、王妃殿下直々に愛妾《あいしょう》の許可が下りた事ですし、今宵《こよい》から若く綺麗《きれい》な女性を何人か見繕いましょう」

フォレッド侯爵は、わざと声を張り上げ高揚したように言ってやったのだ。目には目、意趣返しである。

「な、な、なな何を言ってるの⁉　ガナンに愛妾ですって⁉　そんな事——」

「許せない？」

「当たり前でしょう⁉」

アマンダ王妃は、目を剝《む》くような表情でフォレッド侯爵を見た。

夫に愛妾を与えるなんて許せないと。

だが、そんな返答などフォレッド侯爵に効くわけはなかった。

「何故《なぜ》？」

「何故って、そんなの――」

「浮気は男の甲斐性だと、今の今、口にされましたよね？」

「……っ！」

「いやいや、まさか、息子は良くて夫はダメなんて理屈……通りませんよねぇ？」

フォレッド侯爵はニコリと笑った。

自分の夫がするのは許せないが息子がするのは良《い》い？　そんな道理、誰が納得するのか説明してみろと促《うなが》したのだ。

国王は、元々浮気性。フォレッド侯爵はそれを知っている。

今、それを抑えているのは、王妃を立てているからであって、決して愛しているからではない。

王妃の許可さえあるのならば、喜んで愛妾を作るに違いない。

「……っ‼」

そう言われてしまえば、王妃アマンダには反論をする事は出来ない。

自分は許せないが、お前の娘メリッサには我慢しろなんて、思ってはいてもさすがに言えなかった。

そんな事を言ったが最後、フォレッド侯爵は国王好みの若い愛妾を用意するに決まっている。

してやられたと、アマンダ王妃は唇を噛《か》みしめ、ドレスをギリギリと握った。

「さて、王妃殿下。今一度お訊《き》き致しますが、浮気をどう思われますか？」

「…………」

こう言われてしまえば口を噤《つぐ》むしかない。

たとえ、可愛《かわい》い息子とて、その浮気を可としてしまえば、侯爵は夫に愛妾を用意するに違いないからだ。

「王妃殿下」

「浮気は……いけ……ないわね」

王妃はもはや、こう言うしかなかった。


それを聞いたフォレッド侯爵は、大袈裟にホッと息を吐いてみせた。

「いやぁ、良かった良かった。王族が不貞行為を容認してしまえば、貴族も右に倣《なら》えとなるところでしたよ。そんな事にでもなったら後継ぎ争い等、無用な血が流れますし、王妃殿下の威厳も地に落ちるところでした」

「わ、わたくしの威厳が地に？」

「今や貴族とて、一夫一妻ですからね。それを、王妃殿下自ら男の浮気を擁護するような発言。ウチの妻はもちろん、世の女性から反感を買っていた事でしょう」

「……っ！」

「国民の反感を買っても、国としてはなんの利もありませんからね？　アレク殿下にも良く良くお伝え下さい」

　フォレッド侯爵は、嫌みを込めに込めニコリと笑ったのであった。


「さて、慰謝料の話に戻しますが。お支払い頂けますよね？」

「……だが、些《いささ》か高額過ぎやしないか？」

「そうでしょうか？　男性側の不貞が理由だとしても、娘は傷物と噂《うわさ》されてしまうのですよ？　それを減額ですか。国民の皆様は、減額を要求する王家と、不貞をされた我が家、どちらの味方をしますかな？」

「それは脅しか？」

　フォレッド侯爵の言い分に、国王が苦々しく言った。

　やんわりと、そちらがそのつもりならこちらもと言っているようなものであった。

　だが、そんな事で屈するフォレッド侯爵ではなかった。

「まさかまさか。ですが、お詫《わ》びもかねて一言苦言を」

「なんだ?」

「王妃殿下へ流れる公的資金について、国民の一部から不満の声が上がっています。お控えお気をつけを」

「……」

王妃の散財には、不満があるのは分かっている。

しかしそれをここで、ついでのように引き合いに出すフォレッド侯爵に、国王は目を逸《そ》らし〝王妃〟は憤りを感じた。

一体その言葉のどこに、お詫びが込められているのだ。

「王妃殿下。国民の声を無視すると、ハウツブルグ王国の二の舞いになります事を、ゆめゆめお忘れなきよう」

「……」

アマンダ王妃はピクリと一瞬身体《からだ》を浮かせ、ウグリと押し黙った。

ハウツブルグ王国は、近年王族の絢爛豪華《けんらんごうか》な生活により破滅したのだ。貴族と国民によるクーデターであった。

アマンダ王妃は身に覚えがあるのか、フォレッド侯爵を睨《にら》んでみせたものの反論は控えたのである。

「さて、ここはひとまず、我が娘とアレク殿下の婚約の白紙。慰謝料。早々に済ませた方が、学園で好き放題している殿下のためにもなると思いますがね」

わざとらしく笑い飛ばし、ついでにアレク王子の名を出して止めを刺した。

これ以上、フォレッド家と揉《も》めたとしても、国王側には利はないからだ。

国王とて、フォレッド侯爵家に力があるからこそ、こちらの利に変えるため娘ごと呑《の》み込《こ》もうとしたのだ。

それが今となっては、アダとなってしまった。

「一つ訊くが、娘の婚約を白紙にして、お前達は国を出るのか？」

国王は神妙な面持ちで、フォレッド侯爵家の今後を訊いた。

フォレッド侯爵家は、他国からも引き抜きがあると聞く。これを機にこの国を出る可能性さえあったのだ。

「まさか、私と陛下の仲ではありませんか。メリッサがこの国で幸せになれるのであれば、出国する意思はありませんよ」

要はアレク王子と円満解消にならないのであれば、国を出る事も厭《いと》わないという事だろう。

「慰謝料だけで良いのであれば、問題はない」

国王は了承したとばかりに、人を呼んだ。

婚約の白紙を容認するためと、慰謝料の支払い書を作成するためだ。

「陛下!!」

王妃アマンダは、思わず声を上げてしまった。

額が大き過ぎると。

「息子の不貞だ。文句があるならアレクに言え」

「ですが!!」

「これを機に、お前も少し自制しろ」

国王はついでとばかりに、宝飾品を買い控えるように言った。

今まで言っても聞かなかったが、良い機会だとフォレッド侯爵の言葉に乗っかったのだ。

「なっ!!」

「お前の散財には、これまでも苦言を言っていただろう。だが、今までは黙認して来た」

「なら――」

「以前より、国民は良くは思ってはおらんのだよ。それに加えて息子の不貞。これ以上、王家への不満を増やす事は容認出来ん。それでも欲しいのであれば、お前の兄、ロイド王にでも相談するんだな」

「……っ！」

ロイドとは、アマンダの実兄であり隣国の国王だ。

その彼は、母の宝飾品購入額も削減させたほど、倹約家である。その兄王に、自分の散財を知らされたら叱責は間違いないだろう。

幼い頃から恐れている兄に、知らされたくはないと、王妃は口を噤んだのであった。

「さて、お前は部屋に戻ると良い。後は額について詰める必要があるからな」

国王がそういうと、アマンダ王妃はフォレッド侯爵を睨み付け、苦々しい顔をして部屋を後にしたのであった。

――結果。

ここでの話し合いで、フォレッド侯爵の提示した額とはいかず、慰謝料は請求額の七割と相成ったのである。

だが、父フォレッドはこうなると見越して、初めから高額を提示したに違いなかった。

第八章　王弟アーシュレイ

「なかなかなモノだね。ニール侯爵」

フォレッド侯爵が見れば、近くの柱に王弟アーシュレイが寄りかかるように。

抜け道や隠し通路がある王宮だ。それを使いコッソリと聞いていたのだろうと、フォレッド侯爵は舌打ちする。

「盗み聞きとは頂けませんな」

「さすがにあそこでは、盗み聞き出来ないよ」

国王の執務室だからね？　とおどけてみせたアーシュレイ。

ならば、話を聞き出すための小さな引っかけか。

フォレッド侯爵は目を細めた。

「お話しするほどの事はありませんよ」

アーシュレイがおどけてみせるものだから、お返しとばかりにフォレッド侯爵は大袈裟《おおげさ》に呆《あき》れてみせた。

国王とのやり取りを面白がっているのなら、堪《たま》ったものではない。

「慰謝料で貴方《あなた》の溜飲《りゅういん》は下がったのかい?」

「盗み聞きせずとも、分かってらっしゃるでしょう?」

「額面上六、いや七割。だが何かしらの便宜アリといったところかな」

「……」

王妃の手前、国王はこちら側が十割では頷《うなず》かない。

だが、影響力うんぬんの前に、幼馴染みで友人であるフォレッド侯爵の不興は買いたくない。

そんなところかなと、アーシュレイは読んでいたのだ。

「つい最近、ブランダで大規模な茎枯《くきがれ》病《びょう》が起きたらしいね。それで、コーダの治水工事にまで手が回らないとか。落とし所はその辺りかな」

王弟アーシュレイは、にこやかに笑っていた。

いくら潤沢《じゅんたく》な資金を持つ侯爵家でも、度重なる天災で、復興費はかなり掛かってしまった。それぐらいで揺らぐような侯爵家ではないが、備《そな》えはいくらあっても困らない。それを補塡するという形で、話が纏《まと》まったのである。

あの場にいなかったにもかかわらず、そのすべてをお見通しというわけだ。

「私の口からは何も」

是とも否とも答えないフォレッド侯爵。

だが、それは同時に答えとも取れた。

「ついでに義姉上《あねうえ》に苦言まで言うとか、見事過ぎて怖いね？」

「どちらが怖いのか」

知った風な口を利《き》くアーシュレイ。

おそらくだが、アマンダ王妃が当たり散らしていた話を耳にし、推測したのだろう。

アマンダ王妃が散財しているのを、勿論《もちろん》彼は知っている。

だが、彼自身が今まで苦言を呈《てい》さなかったのは、決して兄のためでも王妃を恐れているからでもない。

王妃自ら足を踏み外し、地に落ちたら面白いからだろう。

己では何もせず、だがそうなるよう周りを巧みに誘導し、高みの見物をするのがアーシュレイ王弟殿下だ。裏で何をしているかまったく読めない彼の方が、余程恐ろしいとフォレッド侯爵は溜《た》め息《いき》を漏《も》らした。

フォレッド侯爵が今、苦言を呈さないにしても、いずれ彼が貴族や国民を操作し王妃を叩《たた》き落《お》としたに違いない。

それが出来るのが、アーシュレイ王弟殿下その人である。

「まぁ、義姉上について陛下は強く言えないから、貴方からの援護射撃というところかな」

「……」

国王陛下がいくら苦言を言ったところで、アマンダ王妃にはまったく響かず、今に至るのだ。

アレク王子とメリッサの婚約白紙に、便宜を図《はか》ってもらったお礼に、フォレッド侯爵が国王のために敢えて話題に上げたのだろう。

国王としては、メリッサの事で、フォレッド侯爵の不興を買い、彼を失う方が痛かった。

だから、アレク王子の父として責任を取り、フォレッド侯爵は友人として王妃アマンダへの苦言を呈してあげたのだろう。

どこから二人で算段していたのかと、アーシュレイも兄達《たち》に呆れていたのである。


「何がおっしゃりたいのですか？」

「いやいや、素晴らしいね？　金蘭《きんらん》の友は」

「話がそれだけなのであれば、これで失礼致します」

自分と国王の関係を揶揄《やゆ》する王弟殿下に、フォレッド侯爵は頭を下げ立ち去ろうとした。

曲者《くせもの》の彼に付き合えば、食われる可能性しかない。

願わくは関わりたくなかったのである。

「女遊びなんて、陛下であれば簡単に一蹴出来てしまうよね」

不貞と云《い》うほど、アレク王子とマーガレットは深い関係でもなさそうではあるが。

万が一、男女の関係があったとしても、そんな事は捻じ伏せられる立場なのである。

だが、それをしなかったのは、フォレッド侯爵あるいはメリッサへの贖罪《しょくざい》か。はたまた、アレク王子の目を覚まさせるためか。そのすべてか。

或《あ》るいは、何か他の目的があるのか。


「……」


フォレッド侯爵は、それには何も答えずニコリと笑い、足早に立ち去っていくのであった。

まさに、王弟アーシュレイの言う通りである。

王妃も先程言ったように、アレク王子は平民や貴族ではないのだ。

軽い火遊びぐらいは、少しばかりの苦言があるくらいが関の山だ。それどころか、学園にいる間は我慢しろと、コチラが言われる可能性が高い。

国王がそう言わなかったのは理由がある。

そうされたらされたで、フォレッド侯爵にも世論や他家を利用して、別の方向からアプローチ出来るからだ。

しかし、侯爵もそれを敢えてしないのにも理由はある。

互いにどこか含むところがありながら、一旦でも王家有責で婚約を白紙に出来たのは、フォレッド侯爵と陛下の仲、故である。

国王と侯爵は、あの男爵家の令嬢マーガレットとアレクの関係に何かあった時、メリッサを婚約者に戻せばいい……そう目論《もくろ》んでいたのだ。暗黙の了解さえ、アーシュレイには見透かされていた気がした。

王弟アーシュレイと王妃は犬猿の仲と言われているが、王妃が一方的に敵視しているだけで、アーシュレイはまったく相手にしていない。その王弟アーシュレイが、王妃から事の次第を聞き出すのは簡単だ。

いや、国王とフォレッド侯爵の仲を良く知るからこそ、推測した可能性も大いにある。どちらにせよ、やはり彼は曲者《くせもの》だと、フォレッド侯爵は思ったのであった。

第九章　突然の来訪者

「父は、しばらく戻って来ませんが」

「勿論《もちろん》、知っているよ」

メリッサが静養という形で屋敷《やしき》にいると、突然先触れもなくアーシュレイ王弟殿下が来訪したのだ。

これには、メリッサだけではなく執事達《たち》も慌てたし、一部の侍女は卒倒しかけた。

彼が来るのに、迎える用意も何もしていない事もだが、急に現れた美貌にである。

こんな間近で見る事がない侍女達は、想像以上の美しさに心を奪われたのである。

「何をしに来られたのか、お訊《き》きしても？」

彼を迎える準備のため、時間稼《じかんかせ》ぎをしなくてはならなくなったメリッサ。

頬が多少引《ひ》き攣《つ》ってしまったのは、ご愛嬌《あいきょう》としてもらおう。

「キミが心労で倒れたと聞いてね？　そのお見舞いだったのだが……元気そうだね」

「知ってらっしゃるクセに」

心労でなんてただの体裁《ていさい》だと分かっている上で、わざとこう言っているのだ。

タチが悪い……というか、面白がっているのだろう。

「数え間違えてなければ、三十だよ」

お見舞いと称して来たアーシュレイは、見事に咲いた赤い薔薇《ばら》の花束《はなたば》を持っていたのだ。

しかし、薔薇には色や本数ごとに様々な花言葉がある。

それを預かった侍女頭が目で数えていたので、気付いたアーシュレイが笑って教えたのだ。

渡す側になんの意図もなかったとしても、余計な事を勘繰る者もいる。

だから、アーシュレイは当たり障りのない本数にして、持って来たのである。

「まったく厄介な事に、花には花言葉なんてモノがある。おかげでお見舞いだの祝いだの、面倒くさくて敵《かな》わないよ」

「確かに……花言葉を知っている方は少ないですけど、面倒ですよね」

そう言うのだから、アーシュレイはそれなりに知っているのだろう。メリッサは思わず苦笑いしてしまった。

貴族の中でも花言葉を気にして花を送る男性は、少なくなったと聞く。もらう女性側も知らない者が多いせいもある。

だが、なまじ知っていると、ついその本数に意図があるのかないのか、素直に喜んで良いのか分からない事もある。

メリッサもすべてを網羅しているわけではないが、花言葉をかじってしまったために困惑する時があったのだ。

「ところで、キミは花言葉を気にするタイプかい？」

そう言ってアーシュレイは、侍女頭の持つ赤い薔薇の花束から一本抜き取り、花にキスを落とすと、メリッサの前に差し出してみせたのだ。

「……」

メリッサは薔薇を見たまま、黙ってしまった。

花には、種類や本数によって色々な花言葉があるように、薔薇にも色や本数によって色々な花言葉がある。

アーシュレイが差し出した一本の赤い薔薇。それは〝一目惚《ひとめぼ》れ〟或《ある》いは〝貴方《あなた》しかいない〟。

アーシュレイは知っている上で差し出したのだ。

揶揄《からか》われているとは理解している。だが、アーシュレイの爽《さわ》やか過ぎる笑顔に思わず魅入ってしまい、冗談だと笑って受け取れなかった。

ここで受け取らないと不敬だろうか？

メリッサは短い時間で、アレコレと考えてしまっていた。

「キミは頭が固いね」

アーシュレイは小さく笑った。

笑い飛ばして受け取り、侍女に渡せば良かったのだ。それをすぐに出来るほど、余裕がないのか真面目なのか、困惑しているメリッサの姿に思わず笑ってしまったのだ。

「そんなキミにはコチラの方が良かったかな？」

そう言って、アーシュレイは赤い薔薇を侍女頭の持つ花束に戻した。

そして今度は、まるで手品のように、上着《うわぎ》の袖《そで》から茎を短く切った白い薔薇の蕾《つぼみ》を出したのだった。

あまりの手際《てぎわ》のよさにメリッサが目を丸くしていると、アーシュレイはメリッサの右手を取り、それをポンと載せた。

「しばらく借りるよ」

アーシュレイはメリッサをそのまま引き寄せ、中庭へと歩きだした。

「だ、旦那様に言えぬ行動は――」

執事長が慌てた様子で、その背に苦言を放つ。

何もしないと分かってはいるが、大事なお嬢様に万が一があっては困るからだ。

「勿論、慎むよ」

ニール侯爵は怖いからね？　と執事長達に小さく笑って手を振った。

白い薔薇の蕾、その花言葉は〝恋をするには若過ぎる〟である。

まだ若いのだから気にするなと、アーシュレイの優しい思いが、そこには感じられた。

似合い過ぎる二人の背を、皆は温かい目で見ていた……が、侍女頭だけは違っていた。
敢《あ》えて、その薔薇を選んだアーシュレイの真意が、今一つ見えないからだ。
一見、慰《なぐさ》めに思える。
だが、白い薔薇の花言葉は実に深い。
蕾は少女時代を意味し〝恋をするには若過ぎる〟。
咲いていれば〝私は貴方にふさわしい〟。
枯れたものであれば〝生涯を誓う〟。
花言葉さえも熟知していそうなアーシュレイ王弟殿下。
その彼が何を思い、メリッサにあの白い薔薇の蕾を渡したのか。

真意はアーシュレイにしか分からない。

侍女頭はゆっくりと目を瞑《つむ》り、考えるのをやめたのであった。

第十章　婚約は……

「屋敷《やしき》から見える庭で、少し話でもしようか？」

王弟アーシュレイは、わざとらしく屋敷側をチラッと見て含み笑いを浮かべた。

いくら王弟とはいえ、メリッサと二人きりである。チラチラと屋敷の窓から、確認、いや監視する侍女や使用人達《たち》が見えたのだ。

「不躾《ぶしつけ》な者達で申し訳ありません」

あからさま過ぎて、メリッサも苦笑いを漏らす。

「可愛《かわい》いお嬢様だからね。仕方がない」

まったく気にしていないのか、ガゼボに向かう途中にちょうど良くあった切り株にアーシュレイは腰を下ろした。

メリッサもそれに倣《なら》い、二mほど離れた切り株に座る事にした。

「この木はどうしたのかい？」

脚を組もうとしてヤメたアーシュレイは、諦めて伸ばしていた。

少し低い切り株に座るのは、アーシュレイの長い脚では座り辛《づら》そうである。

「先の強風で倒れました」

いずれは根こそぎ抜くらしいが、現状は簡単に整えただけの切り株状態である。

「共倒れか。倒れるなら勝手に倒れればイイのに」

コチラは巻き添えで折れたのだとメリッサが説明すれば、それに対し意味ありげに呟《つぶや》くアーシュレイ。

一体どこの誰と重ねて口にしているのやら。

しかし、近くの椅子《いす》もテーブルもあるガゼボに行かないのは、使用人達に配慮しているのだろうか？　妙なところで真面目だ。

侍女達はテーブルがないので、お茶をどうしようか迷っている。

「すまないね？　キミ達の目の届く範囲内で、会話の漏れない場所が見つからなくて」

侍女達はとうとう痺《しび》れを切らし、ガゼボにあったテーブルと椅子を運び、この場にセッティングしたのだった。

さすがに何も出さないわけにはいかなかったらしい。

アーシュレイは、わざとらしく肩を竦《すく》めてみせた。

侍女達もここまでするなら、あちらでと勧めれば良いのに、余程彼女達はメリッサを目の届かない所には行かせたくないのだろう。

「こちらこそ大変申し訳ありません。王弟殿下であらせられる前に一人の男性ですので」

侍女頭はにこやかに跳ね返した。良《い》い度胸である。

「なるほど。良く出来た侍女だ。その精神、甥《おい》にも少し分けてもらいたい」

「ええ、ええ、本当に分けたいくらいですわ」

「サリー」

あまりの物言いに、メリッサは堪《たま》らず口を慎むように注意した。

いくら怒らないとはいえ、彼は王弟である。口さがないのは問題である。

「構わないよ。キミを思っての言葉だからね」

用意してくれた席に座り、アーシュレイは侍女達にお礼を言えば、侍女達の頬は、紅《あか》く染まっていった。

叱責されてもおかしくない物言いだったにもかかわらず、寛容なところを見せた。しかも眩《まぶ》しいくらいの笑顔で。これで侍女達はアーシュレイの味方に付くだろう。

セッティングを終えた侍女達は、紅く染まった頬を押さえながら去っていった。


「斬新な場所だよね」

アーシュレイは辺りを改めて見回した。

手入れの行き届いた綺麗《きれい》な庭。だが、寛《くつろ》ぐには意外性がある場所である。

「そうお思いなら、サロンでよろしかったのでは？」

無理にここで寛がなくても、とメリッサは思う。

「人の耳があるからね」

アーシュレイは長い脚をゆったりと組み、屋敷の方に向かい笑顔で手を振った。

思わず手を振り返す侍女達を、侍女頭や執事長が叱《しか》っている様子がなんとなく見えた。

「人払いをさせてまで、一体なんの話を？」

不安がないと言ったら嘘《うそ》になるが、アーシュレイ王弟殿下からなんの話があるのか想像も出来なくて眉根が寄った。

「アレとは婚約を解消したみたいだね」

「ええ、まぁ」

アレとは勿論《もちろん》アレク王子の事だろう。

耳が早過ぎる上にこうもハッキリ言われると、どう返答したらいいのか分からない。

「だけど、その事をアレ自身にも世間にも、まだ伝えていないのを知っているかい？」

「え？　いえ」

学園どころか、この屋敷から一歩も出ていない。

友人達が見舞いに来た気配はあったが、父にしばらくは会うなと言われていたので会っていなかった。

当のアレク王子は、自分よりマーガレットに夢中なので来る気配どころか、心配する素振りさえ見せない。

それも、婚約が解消になったので来ないのかと思っていたが、アーシュレイから聞く限りそうではないらしい。

まだ仮にも婚約者なのに、蔑《ないがし》ろにするにも程がある。


「何故《なぜ》でしょうか？」

メリッサは首を傾《かし》げた。

婚約が解消になれば、マーガレットと堂々と逢瀬が重ねられて、良いではないか。

「何故だと思う？」

アーシュレイに訊《き》いたのだが、爽《さわ》やかな笑顔で質問返しをされたメリッサ。

もう浮気ではないのだと、アレク王子側が言える環境にしてあげない理由が分からない。

「泳がしているのでしょうか？」

婚約者がいるにもかかわらず、関係を続けるあの二人が、これからどうするのか。

「半分正解」

だが、半分は間違いなのだろう。

アーシュレイはさらに答えを求めるような視線をメリッサに向けた。

「え？　まさか、完全な白紙ではないのですか？」

メリッサは目を見張った。

世間に公表しないという事は、そういう事だ。国王と父の間で白紙にはなったが、世論の出方次第では撤回もある？

アレク王子に一ミリも想《おも》いがないメリッサからしたら、白紙が撤回されるのは苦痛でしかなかった。

「少し、目先を変えてみようか」

それには答えず、アーシュレイは微笑《ほほえ》み紅茶を一口飲んだ。

「浮気相手と結婚させるなんて、まず世論の反発がある。だが、そうだな……例えば身分で仕方なく諦めていた〝真実の愛〟。困難や苦境を愛の力で摑《つか》み取《と》る〝シンデレラストーリー〟って話に変えてみるとどうだろうか？」

「……」

「王族や貴族に憧《あこが》れる庶民から見れば、王道のラブストーリー。アレの浮気に憤慨した者達も、こぞって応援側に回るだろう。キミには悪いけど、あの二人の浮気なんて簡単に払拭《ふっしょく》されてしまうね？　あぁ、ヘタをしたらキミの方が悪者だ」

「……っ！」

メリッサは思わず服を握り締めていた。

浮気した方が悪いのに、された方が悪く言われるなんて理不尽過ぎる。だけど、それが出来るのが王族だと敢《あ》えて教えてくれているのだ。

「だが、聞いてみればアレの相手は、身分云々《うんぬん》以前に学がない。勉強が出来ない者をバカにするつもりは毛頭ないが、学ぶ気がないのは論外だ。では、どうなるか？」

「……」

「キミが華やかに返り咲く……というわけだ」

せめて、アレの見初めた相手に学と常識があれば、とアーシュレイが皮肉を込めて笑った。

だから、国王側からは敢えて公表しないのだ。

フォレッド侯爵も、父としては、娘が嫌がるのならアレク王子とこのまま結婚させたくはない。

だが、父である前に、彼は国王の右腕と言われる宰相なのである。

次期王妃となる人物がマーガレットでは、さすがに知らぬ存ぜぬとは言えないのだろう。

だから、今は表面上は何もアクションを起こさないようにしているのだ。

時間をおく事で、もしかしたらアレク王子がマーガレットを見限るかもしれないし、またはその逆か。

はたまた、娘メリッサがアレク王子の浮気を許すかもしれないと。

メリッサはその話に愕然《がくぜん》としていた。

アーシュレイの言いたい事が、手に取るように分かってしまったからだ。

今から王太子妃教育をするのであれば、最低限の教養を持った女性でなければ難しい。

こうなってしまった以上、アレク王子の浮気相手が王太子妃になるのが一番無難だが、言動からも分かるように、マーガレットは身分がどうこう以前に良識、常識に欠けるのだ。では、どうなるのか。

メリッサは目の前が真っ暗になってしまった。

第十一章　婚約破棄の裏

「でも……父は私の新しい婚約者を探すと」

メリッサは思わず呟《つぶや》いていた。

今更、何事もなかったようにアレク王子と元に戻るのは無理だ。だから、父が言ってくれたわずかな希望を口にせざるを得なかったのだ。

「探すだろうね。いや、もう探しているのだろう」

「……」

「保険はいくらあっても困らない」

メリッサは、王弟アーシュレイにそう言われ、胸がズキンと痛んでいた。

アーシュレイの口から、父はキミのために動いてくれているのだと確信させて欲しかったのだ。

だが、逆に止めを刺された。父は娘の事を考えているようで、メリッサの思いなどそこにはないのだ。

侯爵令嬢である以上、父が結婚相手を見つけるのは致し方ない。それは小さい頃から分かっていた。

だけど、アレク王子に決まった時、ホッとしたのを今でも覚えている。

彼が好きだったからかと言われたら、それは分からない。でも、まったく知らない他人より幼《おさな》馴染《なじ》みだった彼だからこそ、心にストンと収まったのだ。

このままアレク王子と結婚するのだろうと思っていたのに、蔑《ないがし》ろにされた。それを我慢してまで、彼と結婚したいとは思わない。

だから、婚約が白紙になり、父が他の婚約者を探すと言った時もなんの感情も湧かなかった。

だけど、冷静になって来ると徐々に現実が見えて来た。

知らない人と結婚するのだ。

父が選んだ人物なら安心かもしれない。しかし、自分はその人物の人となりを何一つ知らないのだ。

それは、自分にとって本当に良《い》いことなのか。頭では理解していても、感情は追いつかない。

そう思うと、胸が何故《なぜ》か震えた。

知らない相手、知らない土地、知らない文化。

友人もいない、信頼する家令達《かれいたち》もいない。誰もいないのだ。

そんな所に一人で嫁《とつ》ぎ、馴染めるのかさえ分からない。

だけど、今更、何もなかったかのようにアレク王子と上手《うま》くやれる自信もなかった。

このまま、時が過ぎるのを待つしかないのかと思うと、無性に自分の存在意義は何かと考えてしまうのだ。

父の敷くレールをただただ歩くだけでイイのか？

自分の人生なのに、自分で決められない歯痒《はがゆ》さに心が震えていた。

そして、今まで感じた事のない感情が湧いてきたのだった。

「メリッサ」

気付けば目の前にいるアーシュレイに、両頬を優しく拭《ぬぐ》われていた。

知らず知らず、瞳から涙が溢《あふ》れていたのである。

やっていける。出来ると思っていたが、急に不安になってしまった。

そして、自分と違い自由が許されるアレク王子と比べると、無性に虚《むな》しかったのだ。

「メリッサ」

アーシュレイの優しい声が、もう一度降《ふ》り注《そそ》いだ。

子供をあやすような温かい声と、頭を撫《な》でてくれる大きな手に、メリッサは自然と甘えていた。

アーシュレイの声や仕草が、優し過ぎて涙が止まらなかった。


「申し訳ありません」

アーシュレイにあやされ、メリッサは段々落ち着くと、今度は彼との距離感に頬を赤らめた。

「キミの流す涙がアレクのせいだと思うと、少し妬《や》ける」

「……っ！」

そんな風に言われると、なんだかこそばゆくなり、メリッサはさらに頬が熱くなっていた。

アレク王子を思って泣いたわけではない。不自由さ、もどかしさに泣いていたのだ。

「か、揶揄《からか》わないで下さい」

アレク王子には基本ほったらかしにされていたメリッサに、アーシュレイの甘い言葉は糖度が高過ぎた。

「泣くほど、アレが好き？」

「違います!!」

アーシュレイが慰《なぐさ》めるような優しい口調で、そう言うものだから、メリッサは慌てて否定した。

彼に愛や恋心はない。ただ、王族も貴族も婚姻に関しては本来変わらない筈《はず》。なのに、しがらみを気にしないで自由にしている王子に、メリッサは憤《いきどお》りを感じたのだ。

メリッサは思わず、誰にも言った事のない愚痴を、アーシュレイに漏《も》らしてしまった。

貴族に生まれただけで、恋愛結婚は難しい。

王族であるアレク王子とてそれは同じの筈《はず》。だが、こんなに自由だなんて理不尽過ぎると。

「キミは頑張っていたよ」

アーシュレイは、そのすべてを優しく受け止め聞いてくれた。

時には同調し、時には一緒に怒ってくれたのだ。

それが、メリッサにはなにより嬉しかった。自分を唯一理解してくれた人だから。

メリッサは一度抑えた感情を抑えきれず、生まれて初めて人の前で、声を上げて泣いていたのだった。

◇＊◇＊◇

王弟アーシュレイはメリッサが落ち着くまで、ただただ傍《そば》にいてくれた。

時折、頭を優しく撫でてくれるアーシュレイの温かい手が、メリッサの心を癒《いや》してくれていたのだ。

「確かに貴族である以上、惚《ほ》れた相手と結婚するのは難しい」

「はい」

「懸想する男でもいる？」

アーシュレイにそう言われてみれば、悲しい事にメリッサの頭には誰の顔も思い浮かばなかった。

「……いいえ」

「本当に？」

「はい」

思い浮かばなかったが、何故か目の前にいるアーシュレイを見ると、胸がドクンと早鐘《はやがね》を打った。

こんな風に頬が熱くなるのも初めてで、メリッサにはその意味さえ分からなかった。

メリッサが思わず目を逸《そ》らし俯《うつむ》いていると、驚くような言葉が投げかけられた。

「ならば、少しの時間と自由をキミにあげようか？」

アーシュレイが、メリッサの頭から手を離し、にっこりと微笑《ほほえ》んだ。

「え？」

「多少の制限や制約はあるが、キミ自身で結婚相手を探す時間と自由、そして権限をあげよう」

アーシュレイの言葉に、メリッサの思考は止まった。

一瞬、彼が何を言っているのか理解出来なかったのだ。

結婚相手を探す時間？　自由？　権限？

貴族の子として生まれた自分が、自ら結婚する相手を探せるなんて思わなかった。

なのに、彼がその時間や自由だけでなく、権限をくれるという。

メリッサは、突然過ぎる提案に頭が働かない。

「価値観や考え方、趣味や食べ物、そのどれか一つでも共感出来る人と過ごしたくはない？　たとえ、相手に恋や愛を感じなくても、せめて尊敬出来る男と一緒になりたいとは思わないか？」

「……っ」

「キミの人生だ。たとえそれが茨の道であっても、キミが自身の手で道を切り開きたいというのなら、私はキミの支えとなろう」

「……アーシュレイ……殿下」

「父が示す道を黙って進むか、振り払って自分で切り開いた道を歩むか、ゆっくり考えてみなさい」

「……はい」

一生を一緒に過ごすかもしれない相手。

その相手と、同じ目線で未来を見られれば、どんなに楽しいか。メリッサには痛いほど伝わっていた。

アレク王子の考え方や価値観に共感出来る事も探せば確かにあった。だけど、自分という存在がいるのに浮気出来る。その感覚は決して共感出来ない。

一緒になったとしても、また浮気をすると思うと不安しかないのだ。そんな不安を抱えたまま、結婚生活や公務をこなせる自信はなかったのだ。

アーシュレイの言葉が、メリッサの心に響いていた。

制約とは何か、何を引き換えにされるのかなんて、まったく想像もつかない。だが、訊《き》く価値はあるし、望みがあるならそれに縋《すが》りたかった。

こんな風に自分の将来を憂《うれ》えてくれる彼との制約であり契約だ。自分に不利になる事はないと思った。

アーシュレイの甘美な言葉は、メリッサにとって暗闇に差す小さな光に見えたのであった。

第十二章　本当の婚約破棄

――その後。

アーシュレイ王弟殿下が提案した契約内容に、メリッサの胸は早鐘《はやがね》を打った。

メリッサにとって悪くない話だったが、すぐに返事は出来なかった。

その提案は、決して嫌というわけではない。だが、その契約には彼のメリットが見えない。

なのに、自分に好機を与えてくれるのは何故《なぜ》か。

それを訊《き》いたら、アーシュレイ王弟殿下は恥ずかしげもなく、こう言った。


『キミが大切だからだ』


アレク王子にも言われた事がないセリフに、メリッサの心は揺らいだのであった。

少し考えさせて欲しいとお願いすれば、勿論《もちろん》だと頷《うなず》いてくれた。

ただ、早めの方が良《い》いと言って帰っていった。

父フォレッド侯爵が、婚約相手を決めてしまうかもしれないし、アレク王子がマーガレットの事を清算する可能性もあるからだ。

父が決めた婚約者に、メリッサは今更異論は言えない。

アレク王子とマーガレットのおままごとみたいな関係も、国王や王妃の出方次第ではすぐに終わりを告げるだろう。

となれば、次の候補が決まっていない今、表立って白紙になっていないアレク王子とメリッサとの関係は、何事もなかったように続く事になる。

父次第でメリッサは、すぐにでもアレク王子の婚約者に戻るのだ。

もう、自分の人生を誰かに振り回されるのはゴメンだ。

好きでもない人と、一生同じ道を歩むなんてウンザリする。

メリッサは今まで流されるままで、考えなかった事、行動を起こさなかった事を後悔していたのである。

◇＊◇＊◇

――その夜。

父が屋敷《やしき》に帰宅して早々に、メリッサは書斎に呼ばれた。

父の留守中にアーシュレイが来訪した事を知ったからだ。

「彼は何しに来た？」

侍女の持って来た紅茶には一切口を付けず、ソファに座った途端にそう言ったのである。

当然、使用人達《たち》や母にも訊いたに違いない。

だが、聞き耳さえ立てられない場所での会話だ。メリッサ達がなんの話をしていたなんて、想像しか出来ないのである。

この父の言葉を聞いて、メリッサは感嘆してしまった。

アーシュレイは、すべての可能性を考えた上で、あんな場所で話をしたのだ。

屋敷からも見通しが良い場所。それは、逆にこちら側も人が来ればすぐに分かる場所だ。聞き耳を立てようにも近寄れば、すぐにバレてしまうのだ。

「少し話をしました」

さて、どうしようか？　とメリッサは考えた。

ありのままを話してはなんの意味もない。アーシュレイが、わざわざ父のいない時間を狙って来てくれた事が無駄になる。

だからといって、何も話さないで父を誤魔化せるわけもない。

「話とは？」

「自宅療養していると耳にしたらしく、お見舞いに」

わざと困惑したように答えておく。嘘《うそ》は言ってはいないが、事実でもない。それを今、悟られるわけにはいかなかった。

「お前に花を持って来たとか？」

「ええ、王宮の薔薇園《ばらえん》で栽培している薔薇でしたわ。アマンダローズではありませんでしたけど、綺麗《きれい》でしたわ？」

アマンダローズとは、国王が王妃アマンダの何回目かの誕生日に合わせて、品種改良させた王妃だけの薔薇だ。

数回見せてもらった事はあるけれど、アマンダらしい情熱の赤。濃過ぎて逆に、引くぐらいの赤さだったのを覚えている。

「アレク殿下がマーガレットさんに、アマンダローズを渡されたのを見た事はありましたが、さすがにアーシュレイ殿下はそんな常識外れな方ではありませんよ」

嫌みも混ぜて、メリッサはココにはいない婚約者を揶揄《やゆ》した。

「そうそう、それで思い出しましたわ。つい先日の夜会でマーガレットさんは〝エストールブルー〟のドレスを着ていらしたわ。アレク殿下はマーガレットさん、いえマーガレット様をお披露目したようなものですわね」

「……」

アーシュレイと何を話したのか訊いたのだが、あまりにも酷《ひど》いアレク王子の行動に話が移り、侯爵は渋い顔をしていた。

アマンダローズを渡した事も、エストールブルーのドレスを贈った事も、調書には載っていた。

だが、やはり娘メリッサも知っていたのだ。

エストールブルーのドレスを贈るなんて論外だ。しかも、夜会でお披露目したなんてあり得ない。

フォレッド侯爵もそれについては憤《いきどお》りを感じたぐらいだ。

メリッサが夜会でどれだけ恥を掻《か》かされたか想像に難くない。

だが――。

だが、である。


「アレク殿下とは、やはりやり直せそうもないか？」

マーガレットは王妃には迎えられないが他もいない。

そう思ったフォレッド侯爵は、国を憂えてつい聞いてしまった。

「……」

アーシュレイの言った通りだと、メリッサは思った。

父である前に、この国の宰相なのだ。

「婚前の浮気の一つ、許してやる事は出来ないか？」

父のこの言葉に、メリッサは一気に幻滅してしまった。

アレク王子自身から一度も謝罪の言葉がないのに、何故自分が許さねばならないのだ。我慢する事は美徳ではない。

「お母様に一度、相談してもよろしいですか？」

「何をだ？」

「婚前の浮気を、妻としてどうお思いになられるのか」

メリッサが提案した途端に、父の表情が変わった。

怒っているのか、それとも他に何かあるのか、読めない表情に。

「訊いてどうする」

「同じ女として、何をお感じになられるのか、一度お訊きしたいのですわ」

首を傾《かし》げて可愛《かわい》らしく言ってみた。

母がどう答えたとしても、自分が許せるかは別だけど。

「……」

メリッサがそう言うと、父は押し黙ってしまった。

母が浮気を許せと言うわけがないと、知っているからだろう。

「婚前だろうと後だろうと、婚約までしているのであれば、許せませんわよ」

書斎のドアが、ノックもなくいきなり開き、母ローズが意味深な笑いをしている。

「立ち聞きとは非常識だぞ」

父が不機嫌そうな顔をして母をやんわりと叱ったが、母はそんな父など無視してツカツカと書斎に入って来た。

「娘の人生が掛かっているのに、黙っていられますか」

「……」

「メリッサ。浮気は許さなくてよろしい。アレク殿下とは破談で決定です」

「お前、何を勝手に」

母ローズの満面の笑みに、父は何故かたじろいでいた。

確かに、満面の笑みだが妙に迫力があって怖いが。

「何故、キチンとアレク殿下とは終わったと公表致しませんの？」

「時機を見て――」

「時機？　一体なんの？」

「色々あるんだ」

「何が色々ですの？　メリッサはその間もずっと好奇の目や、蔑みの目で見られるのですよ⁉」

「い、いや、しかしだな」

父、母ローズの剣幕にタジタジである。

国を憂える宰相様も、妻には勝てないらしい。

「わたくしも、あなたがマーシャ？　アリス？　そんな名前のどこぞの令嬢と浮気していた時は、好奇な目で見られましたわ。そんな辛《つら》い思いを――」

「お、お前⁉　サーシャでしたの。サーシャの事を――」

「あら、サーシャでしたの。勿論知ってましてよ？　あぁ、踊り子の方も知っていましたけど？」

「なっ‼」

雲行きはガラリと変わった。

母はメリッサの事を、思い出したくもない過去と重ねてしまい、ペラペラと話し始めていたのだ。

聞いている限り、父は母との結婚前に浮気をしていたらしい。しかも、一人ではないとか。

それも、父はまだ相手の事をしっかり覚えているとか、メリッサは色々とドン引きである。

母は今までずっと黙っていたのだが、メリッサに自分を重ね苛立《いらだ》ちが復活した様子だった。積年の恨みとばかりに、父に鬱憤《うっぷん》をぶつけ始めている。

「……」

そんな話は聞きたくなかったと、メリッサは衝撃を受けていた。

政略結婚とはいえ、父はずっと妻一筋だと信じていたのだ。

その虚像が崩れた瞬間であった。

「大体、何故わたくしが知らないと、お思いになられていたのかしら？」

「……」

「箱入り娘だから分かるわけがない？　甘いにも程がありましてよ？」

母が睨《にら》めば、父は愕然《がくぜん》としていた。

今の今まで、バレていないと信じていたのだろう。瞬きさえ忘れているのだ。

母は黙っていただけで、許していたわけではない。

なんなら、ずっとフツフツと燻《くすぶ》り続けていたのだろう。たまたまきっかけがなかっただけで、マグマのように静かに煮《に》え滾《たぎ》っていたのだ。

それが、今、沸き出てしまった。鎮火出来るかは、父の言動次第である。

「夜会に行けば、彼女はわたくしに突っかかって来るし、観劇に行けば好奇の目で見られるし、あの頃は本当に殺してやろうかと思いましたわ」

「……コロ」

父、顔面蒼白《そうはく》、啞然茫然《あぜんぼうぜん》である。

いつもにこやかな母に、そんな苛烈《かれつ》な一面を見たのだ。

ちなみに、どちらを殺そうと考えたのかは聞きたくない。

「メリッサ、浮気なんかする男は屑《くず》、塵《ごみ》、カスよ」

「……はい」

「ね？　あなた？」

「……はい」

父はもう何も言い返せないようだった。

フォレッド侯爵は平静を装《よそお》いつつ、余計な事を言わなければ良かったと後悔していた。

国王夫妻と話した時は、父として意見を言ったのだ。だから、浮気は許せないと強調したが、実は内心は一回くらい……と思っていた。

だが、今、それを言ったら終わりだ。離縁もある。

昔はともかく、今は妻一筋。

フォレッド侯爵は妻に何も言えず、ただただハイハイと頷くしかなかった。

第十三章　プロポーズ

「花だと、妙な勘繰りをされるみたいだからね？　菓子にしてみたよ」

そう言って、三日後。アーシュレイ王弟殿下が来訪した。

メリッサは慌てていたが、母も使用人達《たち》も今回は慌てた様子はなかった。

「ご多忙の中、我が家にお越し頂き一同感謝致します」

母が頭を下げれば、使用人達総出で挨拶をしていた。

この様子からして、母はアーシュレイが来るのを知っていたのだろう。

だが、父は知らない。メリッサはそんな気がしてならなかった。

「皆も私の出迎えに来なくとも叱責などはしないから、各自仕事に戻ってくれていい」

アーシュレイは、出迎えてくれた侍女や使用人達に感謝の言葉を述べると、手に持っていた菓子折りを侍女頭に手渡した。

途端に、侍女や使用人達は顔が綻んだ。

アレク王子には、絶対になかった配慮であるからだ。

しかも、王都では有名な店の菓子。数多く用意されているので、確実に全員に回るだろう。

「家令《かれい》達にまでご配慮、主人に代わり御礼申し上げます」

母が頭を下げれば、また一同深々と頭を下げていた。

「本当に配慮ある人間なら、主の不在を狙ってわざわざ来たりしないと思うけどねぇ?」

アーシュレイは、意味深な笑顔を見せていた。

彼の言う言葉には一理ある。王城勤《づと》めの父に、いくらでも会う機会があるのだから、一言断りを入れてもイイのだ。

だが、それをしないのは知られたくないのか、父を揶揄《からか》っているのか両方か。どちらにせよ、思惑《おもわく》があるのだろう。

なのに、それを隠しもしない彼。それどころか、敢《あ》えて匂わすのだから、タチが悪い。

「今日は、ローズ夫人。キミに話がある」

「え?　わたくし……ですか?」


母は目を見張っていた。

誰もが、当然のようにメリッサに会いに来たのだろうと、思っていたのだ。だが、彼が用があったのは母だった。

思わず母ローズとメリッサは、顔を見合わせていた。

何か知っているのかと。

「実は先日、貴方《あなた》の大切なお嬢さんであるメリッサ嬢に、求婚をさせて頂いたのですが……悲しい事に、彼女に返事を保留にされてしまってね。ならばと、母君である貴方の許可を先に頂きたくて」

アーシュレイは、まるでダンスに誘うような仕草で頭を下げると、母の前に右手を差し出した。

「まぁ!!」

母は、満更でもない表情をしていた。

娘が王弟から求婚されたのは初耳だったが、彼なら申し分ないと母は喜んでいたのだ。

そして、まるで自分が求婚でもされたような気分で、その右手に自分の右手を添えた。

「「「きゃぁあっ!!」」」

侍女や使用人達から黄色い声が上がった。

絵に描いたような仕草に、皆がポッと頬を赤らめていた。あのアーシュレイが、我が家のお嬢様に結婚の打診。

その許可を得に来たのだと、目の前で起きた事に胸がときめいていたのだ。

「メリッサ」

「はい」

「母君から許可が下り次第、改めて求婚させてもらうから待っていて」

アーシュレイは、メリッサにウインクしてみせた。

侍女達はその仕草に、撃沈である。

奇妙な悲鳴を一つ上げた侍女達は、次々と腰が砕けていた。

メリッサは顔を真っ赤《まか》にさせていた。確かに、この間の契約では結婚の話も出ていたけれど、それはあくまで、そうしないかという提案だった。

しかし、今改めて言われると、胸がときめいてしまったのだ。


「アーシュレイ殿下。わたくしはまだ許していませんよ?」

と、母は注意をしてはいたが、〝まだ〟なんて言っている辺り許可する可能性大である。

「大変失礼致しました。ローズ夫人。よろしければ、庭でも歩きながらなんて如何《いかが》でしょう」

「そうね。屋敷《やしき》では人目がありますもの」

母はチラッとメリッサを見て、意味深な笑みを浮かべアーシュレイと庭に消えたのであった。

◇＊◇＊◇

——小一時間後。

王弟アーシュレイと戻って来ると、母は上機嫌の様子だった。

おそらくだが、アーシュレイはメリッサとの契約のすべてを話し、許可を得たに違いない。

「メリッサ。貴方の思うようにしなさい」

メリッサの前に来ると、母は優しく微笑《ほほえ》んだ。

アーシュレイとしっかり話し合った上で、母はメリッサに決めさせる事にしたのだ。

大事な娘の人生なのだから、もちろん精査はするが、最終的に決めるのはメリッサであるべきだと尊重《そんちょう》したのである。

「お母様」

「殿下の申し出は、貴方にとって良いと思うわ。だけど、最終的な判断は自身でしなさい」

「お父様はさぞ反対するでしょうけど、あんな浮気性の男の意見なんて、耳を貸す必要はないわよ」

「……はい」

母は父の浮気を未《いま》だに許せないらしい。

にこやかに笑っているが、目は笑っていないのだから。

それもそうだろう。父は今までずっと隠していた上に、知られた今も、母をしっかりフォローした様子がない。

そんな母に苦笑いしていると、不意にメリッサの視界にアーシュレイの影が落ちた。

「メリッサ」

「え？」

アーシュレイは不意にメリッサの右手を包むと、足元にゆっくりと跪《ひざまず》いてみせたのだ。

その仕草に、メリッサの胸はトクンと跳ね上がり、周りからは吐息が漏れた。

アーシュレイの、まっすぐで真剣な瞳がメリッサを捉《とら》えると、意志の強い声が響いた。


「貴方を幸せにすると誓う。どうか私と結婚して欲しい」


アーシュレイの口から出たのは、メリッサへの求婚《プロポーズ》だった。

母ローズは満足そうに微笑み、侍女達からは歓喜の声と、バタバタと腰を抜かす音が聞こえた。

目の前で起きたアーシュレイの求婚劇に、女性陣は心臓を鷲《わし》摑《づか》みされてしまったのだ。

メリッサは、正直ズルイなと思った。

彼は先に母を説得し、承諾を得てしまった。オマケにこのシチュエーションである。

皆はもう、メリッサが受けると信じている様子だし、母も涙目で頷《うなず》いている。

こうなるとメリッサが断るには、相当な覚悟が必要だ。もし断ったとしても、侍女達や使用人からはブーイングさえありそうだし、母からは理由を問われるだろう。

アーシュレイは早くも、屋敷中を味方に付けてしまっていた。

「はい」

頭を軽く下げて、メリッサはその求婚を受けたのである。

アーシュレイの事は嫌いではない。むしろ好きな方である。そして断る理由がない以上、この状況でノーと言えるわけがない。メリッサの答えは一つしかなかったのである。

「「「きゃぁぁぁーーっ‼」」」

侍女達の歓喜の声は、もはや絶叫だった。

アレク王子との婚約が決まった時も喜んでくれたが、ここまでの熱量はなかった。

元々、彼は絶大な人気を誇っていたが、これはあからさまだ。それだけ、アレク王子がメリッサを蔑ろにしていた証拠なのだろう。メリッサとしては内心複雑である。

「アーシュレイ殿下。このまま、夫の帰りをお待ち下さい」

すでに娘は求婚を受けると想定していた母は、そう言ってアーシュレイに微笑んだ。

この勢いのまま、夫の承諾も得ようとしているのだ。

今なら、興奮の勢いそのままに、屋敷中の者達がメリッサの味方だ。気持ちが冷めない内にすべてを、取り付けようとしているのだろう。

「しかし、いいのですか？　ニール侯爵は、さぞ驚かれるに違いない」

とは言いつつ、アーシュレイは愉《たの》しそうに微笑んでいる。

普通だったら、相手の父親に娘との結婚の許可をもらう場面は、緊張する筈だ。だが、彼はそれすら愉しんでいるし、余裕があり過ぎる。

メリッサはこの時、結婚を承諾したのは間違いだったのかも……と頭を過《よぎ》った。

「ふふっ。ご自身の浮気を知られた時よりは、驚かないでしょう」

母はほくそ笑んでいた。

娘の結婚話で、夫への意趣返しをする気である。

「愛妻家の彼が」

アーシュレイは一瞬驚いていた様子だったが、メリッサはそんな彼を見て、父の浮気を知っていたような気がした。

むしろ、知らないわけがないとさえ思う。

「アーシュレイ殿下。浮気する男は屑《くず》ですわ」

「肝《きも》に銘じておきます」

アーシュレイは、母に深々と頭を下げてみせた。

そして、顔を見合わせて笑っている二人を見て、メリッサは思う。

この二人からは、似た匂いがする……と。

第十四章 プロポーズの真相

「な、け……」

父は帰宅し早々、奇妙な声を上げていた。

自分の屋敷《やしき》のサロンに王弟アーシュレイがいる事に驚愕《きょうがく》したと思えば、次はワナワナと震えていた。

それもそうだ。

アーシュレイは帰宅した父に向かい、突然頭を下げたと思えば、爽《さわ》やかに微笑《ほほえ》みこう言ったのだ。

「娘さんを、私に下さい」

――と。

「断固お断り申し上げる‼」

珍しく父が、叫んだ。

絶叫と言ってもイイ。

「何故《なぜ》かな？　ニール侯爵」

父の目の前に座るアーシュレイは、怯《ひる》みも諦めもせずニコリと微笑み返した。

「何故も何もない!!　王太子との婚約が破談になって、貴方《あなた》との結婚だなんて世間がなんて言うか!!」

だが、父は怒りのあまり敬語も忘れ、声を荒らげていた。

王太子との婚約が破談になるだけでなく、すぐに王弟との結婚だ。他の貴族どころか、世間が妙な勘繰りをすると青筋を立てていた。

「娘の幸せより、世間体か」

「当たり前だろうが!!　娘が醜聞に晒《さら》されるのだぞ!?」

「なら、払拭《ふっしょく》すれば良いのかね？」

「……！」

「甥《おい》に愛する人を取られてしまった憐《あわ》れな王弟が、取り戻した【真実の愛】なんてどうかな？」

「何が【真実の愛】なんだ!!」

アーシュレイがにこやかに躱《かわ》せば、父は王弟相手だという事も忘れ、さらに声を荒らげていた。

それほどに、娘メリッサとアーシュレイの結婚話は寝耳に水で、許せないらしい。

「ん、お気に召さない？　なら、甥の浮気を慰《なぐさ》め、そこから始まった【純愛】なんて如何《いかが》だろう？」

「ふざけるな!!」

アーシュレイがにこやかに言えば、とうとう父はテーブルをドンと叩《たた》いた。

アーシュレイがふざけているように見えたのだ。

「ふざけているのはどちらかなニール侯爵」

アーシュレイは微笑む様子はそのままに、声色《こわいろ》だけを低くした。

「……っ！」

父は、その妙な圧に思わず屈していた。

「親というものは、娘の幸せを願うのが当然ではないのか？」

「私がメリッサの幸せを考えていないとでも？」

「浮気男や知らない相手との結婚が幸せだと？」

妻ローズのいる手前、余計な口は開けないのか、父は押し黙っていた。

「上辺《うわべ》しか知らぬ男、行った事のない土地、見知らぬ家令達《かれいたち》、そんな所へ嫁《とつ》いだ娘が、幸せになると本気で思っているのか？　ニール侯爵」

「貴族とはそういうものだ」

ローズとメリッサから目を逸《そ》らし、父は無表情にそう言った。

妻や娘が何と言おうと、貴族の結婚なんてそんなモノだと冷たく返したのだ。

「それを言うなら私との結婚の打診だって、貴族ならあって当然ではないかな？」

アーシュレイは口端を上げてみせた。

メリッサは侯爵令嬢と身分が高い。王子との結婚の打診があったように、王弟との結婚の打診はあり得る話である。

「それとこれとは‼」

だが、引き下がらない父。

どうしても、アーシュレイとメリッサの結婚は嫌なようだ。

「それほどまでに、私とメリッサとの結婚を承諾出来ない理由が？　ならば、その理由をご教示願いたい」

「……」

アーシュレイにそこまで言われると、ついに父もグッと押し黙っていた。

強く言えないのか、言いたくないのか。

アーシュレイはそんな父を見て肩を落としてみせると、紅茶を一口飲んだ。

「まぁ、落ち着きたまえ、この結婚はただの〝契約〟に過ぎないのだから」

「は？」

項垂《うなだ》れた父がわずかに顔を上げ、アーシュレイの言葉に眉根を寄せた。

彼との結婚が契約に過ぎないのなら、アレク王子との結婚も契約で構わないではないのかと。

フォレッド侯爵は妻や娘がいるのに、思わずそう言いかけるところだった。

「アレクとの婚約が白紙になれば、他家はこぞってメリッサとの結婚の打診をして来るだろう。その中にしろ他にしろ、貴方は早急に彼女と誰かの結婚を承諾するに決まっている」

「……だから、何ですか？」

「そこに、メリッサの幸せはあるのか？」

「……」

そこまでハッキリと言われると、フォレッド侯爵はアリと言いきれなかった。

政略から始まる愛もある。

だが、結果、親愛や家族愛で終わる者も多い。最悪、啀《いが》み合《あ》いの末に離縁だ。それが幸せかと言われたら、さすがのフォレッド侯爵も疑問が残る。


「契約というのは？」

フォレッド侯爵は、頭を一旦冷やしアーシュレイを見た。

なら、彼の言う契約とやらに愛があるというのか？

「メリッサ自身が、結婚相手を探すまでの盾になる契約だ」

アーシュレイは、侯爵を見据《みす》え微笑んだ。

アーシュレイがメリッサに提示した契約とは、この事だったのだ。

第十五章　フォレッド侯爵　ＶＳ　王弟アーシュレイ

「盾？」

フォレッド侯爵の眉根の皺が深まった。

王弟アーシュレイの言っている事が理解出来なかったのだ。

「メリッサ自身が、添い遂げたい人を探すまでの盾」

「……白い結婚……というわけですか？」

段々と話が読めた父フォレッド侯爵は、温《ぬる》くなった紅茶を一口飲んだ。

要するに、メリッサと結婚すると言っても書類上だけで、手は出さないという事。

思惑《おもわく》をもって近寄る貴族からメリッサを守り、その間に自身で結婚したい相手を探せと言っているのだ。

「白か黒かは、メリッサ次第だけど？」

アーシュレイは、隣に座るメリッサを思わせ振りに見て微笑《ほほえ》んだ。

「アーシュレイ殿下‼」

これにはフォレッド侯爵は声を上げ、メリッサは頬を赤らめ俯《うつむ》いた。

メリッサ次第というのだから、アーシュレイはこのまま普通に結婚生活が始まっても構わないのだろう。

「とにかく、私はメリッサの意見を尊重《そんちょう》すると誓う。メリッサが他の男を選んだのなら、私は潔《いさぎよ》く身を引いてその男に下賜《かし》するよ。だからニール侯爵も、私に構わず安心して娘に勧めればいい」

婚約の破棄で、メリッサに多少キズが付く。

だが、王弟アーシュレイとの結婚でキズは塞《ふさ》がる。そして、下賜ともなれば、メリッサと結婚する相手には箔《はく》が付くのだ。

フォレッド侯爵としては、申し分ない話だろうが、アーシュレイの提案だと思うと素直に頷けない。

「お父様。そんなに私を、お父様の思い描く相手と結婚させたいのですか？」

父が何を思い描いているのかは分からないが。

ここまで渋られると、メリッサはそう言いたくなってしまったのだ。

「そうではない。だが――」

口を濁すフォレッド侯爵。

そのフォレッド侯爵の耳にアーシュレイの口が近付いた。

「…………だよ」

「……アーシュレイ……殿下!!」

アーシュレイがテーブルから身を乗り出し、フォレッド侯爵の耳元で何やら一言告げた途端、フォレッド侯爵は冷や汗を掻《か》いた様子でテーブルをドンと叩《たた》いた。

何を言ったか、メリッサには分からなかったが、父にとって相当な弱点だったに違いない。

拳《こぶし》を握ったきり、ストンとソファに落ちるように座ると、頭を抱えてしまったのだ。

それを見て、人の悪い笑顔を作ったアーシュレイは、紅茶を優雅に一口飲み、さらに畳み掛けた。

「まぁ、とりあえずは私とメリッサはさておき、宰相としてのキミに訊《き》きたいのだが、半年後に迫った結婚式はどうするつもりなのかな？」

「…………」

「バカとメリッサの結婚は今更ではないか？　しかし、招待状はすでに送ってしまっているし、国賓を迎える準備も終わっている。今から取り下げるなんて国家の恥だと、私は思うのだけど宰相殿は？」

「……っ」

「あぁ、もしかして、バカとアホを結婚させるつもり？　イイかもねぇ、花嫁のすげ替え。メリッサや奥方には、一度しっかり謝罪をした方がいいとは思うけど」

「……」

「でもねぇ、ウエディングドレスはどうしよう。すでにメリッサに合わせて採寸済みだし、今からアホ用に仕立て直す？　それもどうなのかな？」

「……」

「そもそも、王の右腕で我が国の宰相様は、バカが見つけたアホを王妃に認めるのかね？　彼女、共通語のニバール語どころか、良識常識に欠けるみたいだけど」

「……」

「心配だなぁ、結婚式までに、最低限の教育が間に合うかな。家庭教育の打診から始めるとなると、キミは娘の結婚相手を吟味《ぎんみ》している暇なんか——」

「……たよ」

「ん？」

「分かりましたよ!!」

フォレッド侯爵は畳み掛けるアーシュレイに、とうとう音を上げた。

いや、諦めた、逆ギレともいう。

「とりあえず、とりあえずですが、貴方《あなた》との結婚を許しますよ!!　契約通りメリッサが誰かを選んだら、即刻離縁。下賜して下さるのですよね？」

「メリッサが私以外を選べばね？」

アーシュレイはまるで、揶揄《からか》うようにフォレッド侯爵を見ていた。

この父でさえ、アーシュレイの手の平の上である。

「必ず選ばせますよ!!　さぁ、メリッサ、早急に相手を探しなさい」

「え？」

「明日からすぐに、お前が望む条件のリストを作成する」

「お父様？」

メリッサ、唖然《あぜん》である。

アーシュレイとの結婚を認めたその口で、娘に結婚相手探しを勧めるフォレッド侯爵。

そんなにもアーシュレイは嫌なのか。

メリッサは苦笑いも出なかった。

そんなメリッサの隣でアーシュレイは、愉《たの》しそうに笑っているし、母ローズは意味深に微笑んでいる。

こうして、王弟アーシュレイとメリッサの〈仮〉婚約が決まったのだった。

第十六章　両親の思い

【一週間後】


アレク王太子と侯爵令嬢メリッサの婚約白紙。

そして、アーシュレイ王弟殿下とメリッサの新たな婚約は、瞬く間に王都を駆け巡り国全体に広まっていった。

王都以外では王弟アーシュレイの純愛だと噂《うわさ》されていたが、王都では根強くアレク王子の浮気が原因だとされていた。

何故《なぜ》なら、学園に通う貴族令息令嬢の多くは二人の婚約が白紙となった原因が、アレク王子とマーガレットにあると知っているからだ。

学園での事を、子供から聞いた大人達《たち》が社交場の噂として話し、それが使用人から庶民へと流れたためである。

今や貴族でも恋愛結婚は多く、アレク王子の浮気は世の女性からは大ひんしゅくものであった。

勿論《もちろん》、原因の一端であるマーガレットの家も渦中にあり、社交場では白い目で見られている。

だが、それも一時的なもの。

下級貴族マーガレットが射止めたのが、この国の王子。良識を問う者、妬《ねた》む人も多いが、次第に身分を越えた愛だなんだとすり替わっていくだろう。

それよりも、話題の中心はあのアーシュレイ王弟殿下が、やっと迎えた婚約相手が甥《おい》の元婚約者メリッサであることだ。

アレク王子より人気がある彼の話の種が、瞬く間に生長し大きな花を咲かせたからだ。

庶民の話題は、くだらない醜聞より人気のある話が上がり、尾ヒレを付け一人歩きする。

愛する者が、アレク王子の婚約者に決まってしまった憐《あわ》れな王弟。

しかし、愛の力で取り返した純愛。

王都では劇まで上演され、アレク王子の浮気より、二人の結婚を祝福するムードになっていたのである。

劇では、王子の浮気性に苦しむ令嬢が王弟に慰《なぐさ》められ、次第に本当の恋を知るラブストーリーになっているらしい。

くしくも、アーシュレイの思惑《おもわく》通りに、事が運んでいるのである。

「王都はもう凄《すご》いですわよ。お嬢様!!」

「まだ婚約ですのに、結婚ムードですわ!!」

「お嬢様の侍女をやっていて本当に良かった。なんだか嬉《うれ》しくて」

「アレク殿下なんて捨ててしまって大正解!!」

「王都は今、お嬢様と王弟殿下一色です」

街を見て来た侍女達が、メリッサに事細かく説明をしてくれたのだ。

王都は華やかな雰囲気で、フォレッド侯爵家の使用人というだけで、お祝いのメッセージと花や菓子をもらえるのだと。

アレク王子との婚約が決まった時以上のお祝いムードに侍女達は嬉しそうな表情をしていた。

「そ、そう」

メリッサは苦笑いしていた。

アーシュレイは嫌いではないし、好きか嫌いかと言われれば好きである。アレク王子とは比べるまでもない。

だが、自分の結婚を皆にここまで喜ばれると、内心複雑である。書類上の結婚だと知らない侍女達には、申し訳なくて仕方がなかった。

この状況で、もし自分にアーシュレイ以外の好きな人が出来たりしたら、落ち込むだろうと心配である。


「この状況を読んでいたのか」

王城から帰宅した父が、開口一番に言った言葉がそれだった。

陛下と王妃に、メリッサとアーシュレイの結婚を了承した旨を伝えれば、二人はすでに知っていた。

自分の許可をもらうより先に手を回し、断れない状況にしていたようである。

メリッサを息子アレクの妻に出来なかった事を、王妃アマンダは嘆き惜しみ、国王陛下は終始渋い顔をしていたそうだ。

「ここまで騒がれてしまっては、当分の間はメリッサの相手など探せるわけがない」

隣国にしてもメリッサの結婚式が終わり、大分経《た》った後でなくては打診さえ出来ない。

それが国内であれば尚更《なおさら》である。王弟の妻を下賜されるにしても、ある程度ほとぼりが冷めない限り、受け入れ先などある筈《はず》もなかった。

「食えない」

父は、堪《たま》らず舌打ちをしていた。

アレク王子相手なら多少自分が優位な立場を取れるのに、あの王弟アーシュレイ相手では、優位を取るどころか取られる未来しか視《み》えない。

父が一番嫌いなパターンであった。

「……」

そんな父を見てメリッサは思う。

やはり、アーシュレイとの結婚を決めて良かったと。

どう転んでも父は宰相である。国が一番、娘は良くて四番か五番だ。

アーシュレイと結婚をしていなかったら、アレク王子との婚約は白紙にならなかった可能性大だし、政治の駒として隣国へ行かされたかもしれない。

母の手前は一応、自分を蔑ろにしない人物を探しただろう。だが、まったく知らない相手と、愛を育めるかと言われたらノーである。

『価値観や考え方……尊敬出来る人と――』

アーシュレイの言葉が耳に残っていた。

確かにそこに愛がなくても、相手を敬《うやま》う気持ちがあるとないとでは全然違う。それがなければ、妻として支える気になれないのだから。


「殿下と添い遂げても良いと思うわよ？　メリッサ」

そんな父を愉《たの》しそうに見ていた母が、メリッサの肩をポンと叩《たた》いた。

殿下とは勿論、アーシュレイの事だろう。

「あの方にも確かに思惑はあるけれど、貴方《あなた》の事を大切に思う気持ちに嘘《うそ》はなかったわ」

「……はい」

「幸せになるのよ？　メリッサ」

「はい」

そう言って、母ローズはメリッサを優しく抱きしめた。
もうすぐ嫁《とつ》ぐ娘を、名残《なごり》惜しむかのように。

第十七章　閑話　アレク王子の早計

王弟アーシュレイとメリッサの婚約発表がされる数日前。

「お前とフォレッド侯爵令嬢、メリッサとの婚約が破棄された」

アレク王子が帰城すると、父である国王ガナンがそう言ったのである。

「メリッサとの婚約を破棄……ですか？」

アレク王子は目を見張り、しばらく固まっていた。

最近、彼女は学園には通って来ないので会ってすらいなかったからだ。

「あぁ、わしとしてはお前とメリッサの婚約を破棄などしたくはなかったが、フォレッド侯爵に言われ仕方なく」

父王はあからさまに肩を落としてみせた。

だが、息子アレク王子にはまったく響かなかった。

「破棄ですか」

「そうだ」

「破棄となれば、メリッサは次を探すのは大変でしょうね？」

自分が原因なのに、まるで他人事《ひとごと》の様子のアレク王子。

その様子に国王はさらに、溜《た》め息《いき》を吐いた。

「あぁ、大変だろうな。結婚の打診が多くて」

有責なのはコチラだ。

優秀なメリッサには、多くの貴族から打診が来るに違いない。

王弟アーシュレイとの婚約が発表されるまでは。


「は？」

国王の言葉にアレク王子は、唖然《あぜん》としていた。

何故《なぜ》、自分と婚約を破棄したメリッサに結婚の打診が多くあるのだと。

「婚約を破棄されたのに、打診が多くあるわけが……あぁ、宰相の娘ですからね」

「お前、もしかしなくとも何も分かっておらぬな？」

あくまでも、非が向こうにあると思っている発言に、国王は呆《あき》れ返《かえ》ってしまっていた。

「何も？　いえ、婚約破棄は分かりましたよ？　私に何もなく決められたのは驚きましたが」

婚約破棄もそうだが、自分に一言くらいあってもイイだろうと思ったのだ。

「はぁ。本当に分かっておるのか？　こちらが破棄された側だという事も」

「は？」

「は？　ではない。破棄されたのはこちら側。お前の有責だ」

「……え？」

アレク王子はやっと、自分が破棄した側ではなくされた側だと理解したのだ。

しかし、理由が分からず眉根を寄せていた。

「何故、こちらが有責なのですか⁉」

「お前の浮気が原因だからだ」

「……浮気？」

それでも分からず、アレク王子は顎に手を置いていた。

浮気とは一体？

「マーガレット＝ブロークン」

「……っ‼」

「学園で知らぬ者がいないそうではないか。お前は王子という立場を、分かっておるのか」

「え、いや、でも、彼女とは遊びではなく。大体、結婚前の浮気の一つや二つ」

「その一つで国が傾《かたむ》く事とてあるのだぞ⁉」

まるで分かってない息子に、父である国王は声を荒らげてしまった。

浮気を一つや二つと簡単に言うところまで、自分に似てしまったと内心嘆いていたのだ。

「そんな大袈裟《おおげさ》な」

だが、アレク王子は笑って返した。

浮気をしたつもりはないが、たかが浮気くらいで大袈裟過ぎると。

「ならば、このわしが妻アマンダ以外と浮気しても国は傾かないと思うか？」

「……」

「お前の婚約者は宰相の愛娘《まなむすめ》だったのだぞ？　宰相の怒りを買って国に利があると思うのか？」

「……」

父に言われ、やっと事の重大さを知ったアレク王子は、口を噤《つぐ》む。

苛烈《かれつ》な母を知っている。その母に浮気がバレたりしたら、相手は殺される可能性しかない。

メリッサはそんな事はしないと思うが、メリッサの父は顔も合わせる宰相である。

国の重鎮《じゅうちん》と言われる彼を敵に回して、自分に利などなかった。

「まぁイイ。マーガレットやらとは、どうするつもりだ」

重大性が分かったのならヨシと、国王は話を変えた。

浮気については自分も、強く言えない部分があるからである。

「王太子妃として迎えられたら……と思っております」

どの道、メリッサとは別れるか側妃にすれば良いと考えていたアレク王子は、ちょうど良《い》いとばかりにマーガレットの事を口にした。

「身分が低いが、まぁそれはどうにかなるだろう。本気でその女を妃に迎えたいと思っておるのだな？」

「勿論《もちろん》です。父上」

アレク王子は晴々とした笑顔で言った。

アレク王子は不貞をしたという罪悪感はなく、バレて良かったとさえ思っていた。そして、父もこう訊《き》くからには、マーガレットとの事を認めてくれたのだと、勝手に解釈していた。

「ならば、試しに王太子妃教育を行う。明後日《あさって》から始める旨をブロークン男爵家に出す。お前も彼女にかまけておらんで、勉学に励《はげ》み首席で卒業しろ」

「ありがとうございます!!」

アレク王子は深々と頭を下げ、国王の書斎から出ようとした。

だが、その背に父の声が掛かった。

「結婚は、マーガレットとやらの教育が終わり次第とする。それまでは婚約者、或《ある》いは候補止まりだという事を肝《きも》に銘じておけ」

「分かりました」

この時、アレク王子は何も考えていなかった。

ただ、マーガレットと結婚出来るという事だけに、浮かれていたのであった。

第十八章　友人達の悲喜交々

「久しぶりメリッサ‼」

ひと月振りにメリッサが学園に登校すると、マークやマリアン達《たち》が温かく迎えてくれた。

その声に気付いたクラスメイトも、事情を知ったのか集まって来る。意外と好意的でメリッサは驚いたが、次の言葉には苦笑いが漏れてしまった。

「婚約おめでとう‼」

「アレク王子との婚約白紙おめでとう‼」

「いや、俺《おれ》達もあれはナイってずっと思ってたんだよ。だけど、いくら身分は関係ない学園だといったって、節度はあるし立場上苦言なんて言えないしさ」

「マーガレットさんの方にそれとなく言ったらアレク王子が出て来るしで、どうにもならなかったのよ」

「浮気なんて最低だし、婚約者がいる相手に言い寄るなんてもっと最低だったわ‼」

「だけど、アーシュレイ王弟殿下と婚約⁉　メリッサ様凄《すご》過ぎて羨《うらや》ましくて、私どうしてイイのか分からないわ」

「家にも改めて招待状が来ましたけど、是非晩餐会に参加させて頂きますわ」

「王弟殿下を間近に見られるなんて、眼福ものです。あ！　別に邪《よこしま》な気持ちではないですよ？　憧《あこが》れというかファンというか」

「「「とにかく、結婚おめでとう‼」」」

メリッサが久々に来たものだから、話したい事訊《き》きたい事が溢《あふ》れて、ある意味モミクシャであった。

まだ婚約段階であって結婚はしていないのに、〝結婚おめでとう〟って……本人そっちのけで、どれだけ舞い上がっているのだろう。

だが、一通り話すと興奮が落ち着いたのか、皆が優しい言葉をかけてくれた。

どうやら、アレク王子との破談について、メリッサが改めて説明しなくても、大体の事情を知っているようだった。

学園内でアレク王子の浮気を知らぬ者は、モグリだと言われるほどに。

マーガレットが婚約者候補に挙がった事も知れ渡っていた筈《はず》だが、彼女達へのお祝いムードは一部しかないようだ。

その一部も、マーガレットが王妃になるかもという思惑《おもわく》をもつ人達らしい。

「私、人の結婚式なんて初めてで、実はドキドキしているの‼」

「私もよ!!　しかも、色んな方が来るでしょう？　もう、なんか今から緊張して」

「ドレスの事なんだけど、よろしければ皆さん一緒に選びませんか？」

「あ!!　いいわね。なら、明後日《あさって》家に来ない？　デザインとかも相談したいし、ほら、皆と色も被《かぶ》りたくないし」

「確かに!!　皆、同じ色やデザインでは目立たないものね」

「やだ！　私達の結婚式じゃないのだから、目立ってはダメよ!!」

「「「そうよねーーっ!!」」」

メリッサをそっちのけで、皆は話に花を咲かせていた。

憧れの王弟殿下を間近に見られる好機。そして、各国の要人を招いた結婚式に参列したり、晩餐会に呼ばれたりする事はまずない。

婚約者がいない人は自分を売り込むチャンス。いたらいたで家を売り込むチャンスである。

なにより、華やかなパーティーに参加出来る喜びが、彼女達をウキウキとさせていたのだ。

もはや、メリッサの結婚を祝うというより、晩餐会へ出席出来る歓喜が上回《うわまわ》っていたのである。

そんな女性達にマークは呆《あき》れていたが、婚約者マリアンは瞳をキラキラとさせていた。

「メリッサ。お願いだから、晩餐会で声を掛けて？」

「え？」

「アーシュレイ王弟殿下を一目見たいのよ!!　お願い!!」

隣にマークがいるにもかかわらず、マリアンは両手を重ねメリッサにお願いして来たのだ。

憧れのアーシュレイ王弟殿下と、どうこうなりたいというわけではなく、間近で見るだけ……叶うなら一声かけて欲しかったのである。

「えっと？」

メリッサは思わずマークをチラッと見てしまった。

浮気とは言わないけど、いいのかなと。

「お前、俺と結婚してからはやめろよ？」

仕方がないとばかりに、マークは肩を落としてみせた。

今回だけだからなと。実に寛大な婚約者様である。

「嫉妬《しっと》？」

「あのなぁ、逆の立場なら、どうなんだよ？」

と、マークはマリアンのおでこをピンと指で弾けば、マリアンはマークが他の女性に言い寄るシーンを想像したらしく「……ぃゃ」とポソリと呟いた。

マークが相手を好きかはともかく、他の女性の事を嬉《うれ》しそうに話すのは嫌だなと思ったのだ。

「な？　憧れにしろ本気にしろそんな事をされたら、あんまイイ気分じゃないだろ？」

「うん」

「だから、結婚したらヤメてくれ」

素直にマリアンが頷《うなず》くものだから、マークは結婚前なら、その程度はイイよと笑っていた。

「え？　結婚前ならイイの⁉」

マークの言い方は、そういう事だ。

自分ならそんな寛大な事は言えない。だから、許してくれる婚約者に、マリアンは驚いてしまったのである。


「だって、ただの憧れだろ？　イイんじゃね。俺がサマリー先生――」

「サマリー先生⁉　マーク、サマリー先生の事が好きなの⁉」

マークが自分と同じなんだろうから……と例えを出したのだが、それがいけなかった。

マリアンは、思わずマークの胸ぐらを摑《つか》んで詰め寄った。

「お前と同じだってば」

あまりの剣幕にマークは、頰が引《ひ》き攣《つ》っていた。

何故《なぜ》、例えを出して許可したのに、こんな事になっているのだと。

「同じ⁉　絶対違う‼」

「なんでだよ。違わないだろうよ」

「だって、サマリー先生、ボンキュッボンじゃない‼　あ、マークってば本当はそういうのが好みなの？　だから、私には何もして来ないの⁉　本当はあぁいう人が良かったの？」

「お前、落ち着けって」

マーク、タジタジである。

確かに、サマリー先生のスタイルはエロい。口調も色っぽくて、大抵の男子が色んな意味で憧れる先生である。

だからこそ、例えとして出したのだが、例えた相手が不味《まず》かったようである。

マリアンは良《い》い言い方で言えば、スレンダー。悪く言うと、真っ平らなのだ。本人も気にしていたらしく、真逆のタイプを例えに出した事がショックだったようだ。

「マークがサマリー先生を好きだなんて知らなかった」

とうとう俯《うつむ》いて泣き始めてしまったマリアン。

マークは、頭をガシガシ掻《か》いていた。何故、こうなるのか。

「好きじゃねぇよ」

「だって、今好きだって！」

憧れの対象の例えを出して、婚約者の事を寛容に許したつもりなのに、話の方向が変わっていた。

マークは、盛大に溜《た》め息《いき》を吐いた。

「言ってねぇし、あーもう面倒くせぇな」

「め、面倒くさいって!! 私との事をそんな風に思ってたの⁉ 私は――」

「お前、少し黙っとけ」

「「「きゃぁぁーーっ!!」」」

話がまったく違う方向に変わり、弁解するのも面倒くさくなったマークは、マリアンの唇に掠《かす》めるようなキスをしていた。

メリッサの結婚式の話をしていたクラスメイト達は、急に始まったマーク達の喧嘩《けんか》に視線を向けていたので、バッチリ目撃した。

何故、喧嘩をしているのかと思っていたら、マークがマリアンにキスを落としたのだ。それも、皆の目と鼻の先で。

それを見た瞬間、女子生徒は悲鳴みたいな声を上げていた。

普段から恋人らしい仕草をしないあのマークが、そんな事をすると思わなかったのだ。

「マ、マ、マーク⁉」

突然のキスに呆然《ぼうぜん》としていたマリアンは、皆の悲鳴に現実に戻り、顔を真っ赤《まか》にさせていた。

皆の目の前で何をされたのか、唇に残るわずかな感触に徐々に理解し始めたのだ。

そして、恥ずかし過ぎてどうしていいのか分からなかった。

「ホラホラ、見せ物じゃねぇんだ。お前等、席に着けよ」

マークは恥ずかしがるマリアンを、自分のジャケットで隠し、皆を追い払う仕草を見せていた。

「クッソ！　このリア充め‼」

「爆《は》ぜろ‼」

独り身の男達は、嘆きながら罵るのであった。

第十九章 メリッサは逃げられない

「あ、メリッサさ～ん!!」

学園の授業が終わりメリッサが登城すると、王宮の片隅で会いたくない人物に出くわした。

件《くだん》のマーガレット＝ブロークンである。

「お久しぶりですね。マーガレットさん」

こちらの家は侯爵の身分で、貴方《あなた》は男爵。

身分を笠に着る事はしたくないけど、親しくもない貴方に何故《なぜ》〝さん〟付けで呼ばれなくてはならないのか。

幼馴染《おさななじ》みや友人のマーク、マリアンとは違うのだけど？

メリッサは微苦笑をして、挨拶を交わした。

「ひと月も休んでいたので、アレクと一緒に心配していたのですよぉ？」

「さようでございますか」

アレク王子を呼び捨てにしているのも大問題だけど、いちいち〝一緒〟にと強調する必要なんてないでしょう？

牽制《けんせい》なのか自慢なのか、嘲笑《あざわら》っているのか嫌みなのか。いや、全部のような気がする。

「冷たいですよ。メリッサさん」

「はぁ」

「ヤダな私達《わたしたち》、もうすぐ親戚になるじゃないですか?」

マーガレットは上目遣《うわめづか》いでメリッサを見た。

彼女の言葉にいちいち反応するなと頭では分かっていても、無性に苛《いら》つく。

「マーガレットさんが、アレク殿下と結婚出来ればの話ですけどね?」

だから、つい嫌みの一つでもと返したくなっていた。

人の婚約者を奪っておきながら、謝罪もないのだから呆れる。

父はブロークン男爵家の一族を思って、今はアクションを起こしていないが、彼女次第では潰す可能性も出て来るのだ。

領民を支える立場の人間が、それを知らないのはある意味悪だ。

「取られたから嫌みですか?　嫌だな女の僻《ひが》みや嫉妬《しっと》って」

クスッと笑うマーガレット。

どうやら、彼女は上から見下さないと気が済まないらしい。

「嫌みではなく事実よ。貴方、殿下の婚約者〝候補〟であって〝婚約者〟ではないのよ?」

すでに王妃にでもなる気でいるけど、まだ婚約者でもないのだ。

「でも、半年後には私達の結婚式だもの。〝候補期間〟なんてあっという間に終わっちゃうわ」

そう言ってマーガレットはわざとらしく、クスクスと笑ってみせた。

彼女の中では、半年後のアレクとメリッサの結婚式が、自分とアレクのものに替わると思っているらしかった。

「結婚式？　陛下のお許しがもう頂けたの？」

候補期間なんて訳の分からない解釈も大概だけど、まさか、王弟アーシュレイが冗談で言っていた花嫁《はなよめ》すげ替えが、現実的なのかとメリッサは驚いてしまった。

「そうよ？　アレクがそう言ってたもの」

小馬鹿にしたような視線を、マーガレットはメリッサに向けていた。

「……」

だが、メリッサは微苦笑してしまった。

冷静に考えたら、すげ替えなんてあり得ないからだ。

すでに貴族達には〝メリッサ〟と〝王弟アーシュレイ〟に変わった結婚式の招待状を送っているのだし、他国の国賓にも〝王弟〟の結婚式を先に……と父が変更させるに決まっている。

事実、メリッサは今、結婚式の準備のために王宮に来ているのだ。

マーガレットがこうして陛下やアレク王子が、なんて言っているが実際メリッサがそう聞いたわけではない。

どうせ、ソレも都合の良《い》い解釈をしたに違いない。

「何がオカシイのよ？」

笑われたと思ったマーガレットは、眉根を寄せた。

悔《くや》しがるかと思っていたのに、メリッサが違うリアクションを見せたからだ。

「いえ、もう少し、人の言葉に耳を傾《かたむ》けた方がよろしいかと」

すべてを知るメリッサには、マーガレットの嫌みなど聞き流す余裕があったのだ。

「……何を言ってるの？」

まったく分かっていないマーガレットは、馬鹿にされたみたいで不機嫌になり始めていた。

アレク王子との結婚は半年後と迫っている筈《はず》なのに、結婚式の予行演習やドレスの採寸、デザイン等の相談話が〝まだ〟出ていなかったからだ。

今日から、〝王太子妃〟教育が始まると聞いたから来たが、今日その話が出るのかと思っていた。

「まぁ、何にせよ、〝わたくし〟と〝アーシュレイ〟の結婚式に出席出来るように祈っておりますわ」

メリッサはわざとらしく、小さく笑って返した。

今までの意趣返しにこのくらいはイイだろう。

マーガレットは王太子妃教育が始まる。それで認めてもらえないのであれば、アレク王子の婚約者としても、一貴族の賓客としても呼ばれないのだ。

王族の恥となるからである。

「は？　貴方達の結婚式なんて、まだまだ先でしょ？」

すでに通り過ぎていくメリッサの背に、マーガレットの呆《あき》れたような声が聞こえた。

やはり、半年後の結婚式は、メリッサ達のモノだと知らないようだ。

「それは、どうかしらね？」

メリッサは思わせ振りに笑って、そのままその場を去る事にした。

言及する必要はない。

だって、すぐに分かる事だから。

◇＊◇＊◇

「なかなか様になっているね？　メリッサ」

客間に向かおうと角を曲がったら、そこには小さく笑う王弟アーシュレイが壁に寄りかかっていたのだ。

どうやら、一部始終を見ていたようだ。

「お誉《ほ》めに与《あずか》り光栄にございます。アーシュレイ王弟殿下」

彼のこういうところが、父が嫌う一因なのだろう。

メリッサはそう思いながら、服の裾《すそ》を持ち上げ一礼した。

「おや？　先程みたいに、私の事を〝アーシュレイ〟とは呼んでくれないのかい？」

アーシュレイは身を屈《かが》め、メリッサの耳元にそう甘く囁《ささや》いた。

マーガレットとのやり取りを見ていた……のなら、メリッサがわざとアーシュレイを呼び捨てで言っていたのも、当然聞いていたのだ。

「よ、呼びませんよ‼」

メリッサは思わず、アーシュレイから距離を取る。

耳元に掛かる甘い声に、堪《たま》らず顔が赤く染まった。

「残念。でも、結婚したら呼んでくれるのかな？　メリッサ」

メリッサの取った距離などすぐに埋められ、アーシュレイは見惚《みほ》れるような笑顔を見せると、メリッサの右頬にキスをした。

「〜〜っ⁉」

メリッサはアレク王子にもされた事のない甘い仕草に、腰砕けであった。

そもそも、アレク王子が蔑《ないがし》ろにし過ぎて、男性に免疫があまりないのだ。なのに、アーシュレイの手慣れたアプローチは、刺激的過ぎる。

「この可愛《かわい》い唇も、結婚までおあずけなのかな？」

「んっ！」

そう言って、メリッサの唇をなぞるアーシュレイの仕草に、メリッサはクラクラしてしまった。

壁とアーシュレイに挟まれ、メリッサは身じろぐ事も出来ない。

アーシュレイの甘い声と美貌から逃げたくて、思わず目を瞑《つむ》ってしまえば、メリッサの唇に温かく柔《やわ》らかい感触が重なった。

「ここで目を瞑るのは不正解だよ。メリッサ」

「え？　んんっ！」

「でも、〝コノ〟予行練習は必要だよね？」

突然の出来事《キス》にメリッサは余裕などなく、アーシュレイの啄《ついば》むような口付けに翻弄《ほんろう》されるのであった。

第二十章　マーガレットの教養とは

「貴方《あなた》、学園で一体何を学んでいましたの？」

マーガレットの王太子妃教育が始まり、家庭教師をかって出たララ夫人は、思いっきり顔をしかめていた。

「何を？　ララさんは学園を卒業してから随分と経《た》つので、今の学園の事を知らないのですか？」

マーガレットは、まさかララ夫人が自分の無知さに驚いていると考えもしなかった。むしろ、逆にララ夫人が古い人間だから、今の学園の事を知らないのでは？　と驚いていた。

「良く知っているに決まっているでしょう？　大体、私と貴方は友達ではないのですから、私の事はララ〝さん〟ではなく、ララ〝様〟と呼びなさい。高等部に通っていらっしゃるのに、ニバール語の基礎さえも出来ないなんて論外ですよ？　本当に学園に通っていますの？」

「通ってますよぉ。だから、アレクに出会ったんじゃないですか」

ララ夫人の怒りなど分からないマーガレットは、恥ずかしそうにアレク王子との馴《な》れ初《そ》めを話し始めていた。

「何度言えば理解出来るのですか！　アレク〝殿下〟と呼びなさい。そして、語尾は伸ばさない!!」

ララ夫人はピシャリと、それを一蹴した。

他の家庭教師曰《いわ》く、メリッサに教える事はほとんどなかったと聞くが、マーガレットは論外だ。

悪い意味で、想像以上である。

一体、この女性の何が良かったのか、ララ夫人にはまったく理解出来なかった。

「えぇ、やだ。怖ぁい」

と、形だけ怖がってみせるマーガレット。

アレク王子なら、これでコロッと騙《だま》され仕方がないなと優しく言ってくれるのだ。

だが、そんな仕草でララ夫人が騙されるわけがない。さらに、厳しい視線をマーガレットに向けた。

「先にお訊《き》き致しますが、本当に本当にアレク殿下の妃になるおつもりで?」

「勿論《もちろん》です。〝わたくし〟は次期王妃になりますのよ?」

冗談であって欲しいと願うララ夫人が訊けば、マーガレットの取って付けたようなセリフが返って来た。

ララ夫人の眉間《みけん》がピクリと動いた。

この小娘が王妃になるなんて、エストール王国史上最悪の事態である。

「教養、常識、良識もなく、どうやって王妃に?　このままアレク殿下が貴方を選ぶなら、最悪廃嫡ですよ」

呆《あき》れたララ夫人は、鼻で笑ってしまった。

恋愛ごっこに付き合わされている身にもなって欲しいと。

「何、廃嫡って？」

「まさかのソコから？」

ララ夫人はマーガレットの知識のなさに、呆《あき》れ返《かえ》り敬語も忘れていた。

「だから何なのよ」

「王籍、簡単に言えば、王宮から放り出されて平民になるという事ですよ」

難しい言葉は分からないだろうと、ララ夫人はマーガレットに合わせて簡単な言葉を選んで笑っていた。

メリッサを捨てて、コレを選ぶなんてアレク王子も落ちたものだなと。

「は？　平民？　なんでよ‼」

まるで分からないマーガレットでも、平民になるという事だけは理解し憤慨していた。

「貴方のせいですよ‼」

ララ夫人も強く言い返した。

「はぁ？　私のせい？」

「敬語もまともに出来ない。教養もない。常識もない。良識もない。ないない尽くしの貴方が、一体なんの役に立ちますの？　あぁ、床《とこ》？　そんなもの、妃に必要ありませんよ」

マーガレットのあまりの言動に、敬意を払う必要はないと判断したララ夫人は、馬鹿にし始めていた。

これで、アレク王子にお前はクビだと言われようが、叱責されようがどうでも良《い》いとさえ思っていたのだ。

どうせ、自分の代わりに来る事になる教育係も、同じような事を言うか、さらに厳しくなるだけの話だ。

アレク王子は恋愛で周りが見えない状態だが、陛下や王妃は現実を良く知っている。事をしっかり説明すれば、どちらが悪いのか判断を誤る事はないだろう。

「なっ‼　私は次期王妃なのよ？　そんな暴言を言ってイイと思ってるの⁉」

「暴言は言うのではなく、吐く。大体、貴方が王妃になれるわけがない。すぐに候補から外される事でしょう」

「そんな事を言ってイイの？　私が王妃に——」

「なってからおっしゃって頂けますか？　今の貴方はただの王太子妃候補。王妃なんて、夢のまた夢ですわよ」

「はぁ⁉」

『まったく、メリッサ様とは天と地だわ』

「貴方、今、メリッサとか言ったわよね⁉」

ニバール語は分からなくても、メリッサだけは分かったマーガレットはテーブルをドンと叩《たた》いた。

よりにもよって、あのメリッサと比べられるなんて心外だったのだ。

「勉強なさる気がないのでしたら、私はこれで失礼致します。マーガレット〝様〟?」

ララ夫人は馬鹿にしたように一言残すと、部屋を後にしたのである。

「なんなのよ!! あのオバさん!!」

マーガレットは馬鹿にされた事が悔《くや》しくて、テーブルをもう一度叩いていた。

それが、マナー違反だとも理解していないようだ。

部屋の隅で見ていた侍女達《たち》が、小さく笑っている事すら気付いていない。

彼女達は、マーガレットの侍女ではないのだ。それすらも分からないマーガレットに未来などなかった。

◇*◇*◇

「アレク殿下」

マーガレットの事を報告をしようと王妃の自室に向かっていると、ちょうど前からアレク王子がやって来た。

　ララ夫人は、内心マーガレットを思い浮かべたが、頭を深々と下げてシレッとしてみせる。

「あぁ、マーガレットの教育の日だったのか。今日はもう終わりか？」

　終わるには少し早いなと思いながら、ならば会いに行こうかと口元が緩んだ。

「今日とは言わず、永遠に終わりかと」

　アレク王子を幼少の頃から知っている上に、王妃という後ろ盾があるララ夫人は、アレク王子にも屈する事はなかった。

「え？　それはどういう？」

「そのままの意味ですよ。殿下」

「教える事はない……という事か？」

　マーガレットの学力をまったく知らないアレク王子は、それほどまでに彼女が優秀なのかと目を見張っていた。

「教える意味が分からない、という事です」

「は？」

「殿下。貴方が何故《なぜ》、メリッサ様との縁を切ってまで、あの方を選んだのか私には考えが及びません。そして、敬称すら知らない彼女に、何から教えてあげるべきか逆にご教示願いたいですわ」

「あぁ、敬称か。学園の感覚が抜けないのだろう」

アレク王子は苦笑いしていた。

学園では身分関係なく、敬称も敬語もない。だからだろうと、ララ夫人をあしらった。

だが、ララ夫人は怪訝《けげん》な顔で言葉を返した。

「マーガレット様はその辺の子供ではありませんよ？　学園と王宮とで切り替えが出来ないのは良識以前に常識を疑います」

「まだ始まったばかりだろう？　厳しい事を言うなララ」

「なら、次にお会いした時にも敬称を忘れるようでしたら、私は彼女を王太子妃候補から外すように奏上しますわ」

ララ夫人は無表情に冷たく言った。

一度は注意したのだ。敬称を付けろという些細な願いも、聞き入れないなら見込みなどなしだ。

それすら出来ないのであれば、次になど進めないのである。

「早計過ぎやしないか？」

厳し過ぎるだろうと、アレク王子はララ夫人に不信感を露《あら》わにした。

まだ始めたばかりで、そんなに厳しくする必要はないだろう。

「初等部の方々でも、殿下の事を呼び捨てでは呼びません」

「それは、私達が恋人だから」

「だからなんなのです？　初めてお会いした私の事ですら〝さん〟付けでした。侯爵令嬢であらせられるメリッサ様の事など、メリッサと呼び捨てですよ？　仮にお二人がご友人であったとしても、他人の私に呼び捨てなんて、非常識にも程があります。殿下からも苦言を」

ララ夫人はアレク王子の言い訳を一蹴してみせた。

庇《かば》うのと甘やかすのとは、まったく別物である。庶民の結婚とは違うのだ。最低限の常識くらい身につけていて欲しいと、ララ夫人は切実に願っていたのだ。

「優しく出来ないのか？」

「初歩的な教育もなされていないご令嬢に、何をもって優しくしろと？　マーガレット様の教育次第では、殿下はいつまで経っても結婚出来ませんが、それで良いと？」

貴族ならば五歳の子供でも、分別《ふんべつ》が出来るのだ。

なのに、平民以下の態度に、ララ夫人はすでに見限っていた。

「結婚式にはまだ半年もある。それまでに多少良くはなるだろう」

ララ夫人がこれだけ苦言を呈《てい》しているのに、アレク王子はまだ楽天的だった。

これには、ララ夫人は呆《あき》れ果《は》ててしまった。

「半年？　この調子なら五年、十年は先ですよ」

「大袈裟《おおげさ》な」

「何が大袈裟なものですか。あの学園に通っていらしたら、一般教養以上の事を身につけているのが普通です。ですが、あの方は驚くほどに無知です。まさか、あそこまで酷《ひど》いとは想像すらしませんでしたわ。ここまでともなれば、一般教養からになりますわね。そこからやっと王太子妃教育。それが終わってやっと王妃教育となるのです。結婚なんて最低五年は掛かります。それもあの方が真面目にやってやってやっとですよ」

「ララ、昨日今日でマーガレットの何が分かるんだ」

仮にも自分の選んだ人を悪く言うものだから、アレク王子は声に怒りがこもっていた。

彼女の人となりをまだ知らないのに、そこまで悪く言われるいわれはない。

「数時間もあれば充分です」

「なっ！」

だが、ララ夫人は引き下がらないどころか、食って掛かった。

なにせ、このままアレを王妃になどさせてなるものかと思うからだ。

「殿下。ここは学園ではありません。最低限の教――」

ララ夫人がさらに、小言を言おうとした時――

「アレク殿下、ララ夫人、ご歓談のところを失礼致します」

ハーマイル子爵令息ら数名が、数m離れた所から頭を深々と下げ挨拶をして来た。

二人が話していたのは、人の往来がある廊下である。どこかへ向かう途中のようだ。ララ夫人は、しかめていた顔を笑顔に変えた。

「ジョー様。ハーマイル様でしたら、本日はシステに視察に行かれておりますよ？」

「いえ、今日は父に会いに来たわけではなく、騎士団演習に参加するために登城致しました」

「まぁまぁ、では騎士団にお入りに？」

「まだ、分かりません。ひと月ほど試してみようと、彼等《かれら》と参加する予定です」

ハーマイル子爵令息がチラッと後ろを見ると、少し離れた位置にいた連れの子達が深く頭を下げた。

「素晴らしい!!　アレク殿下、これからこの国を担《にな》うやも知れぬ若き少年達に、何か一言掛けて差し上げて下さいませ!!」

まだ十歳と幼い子達が、学園の教育の一環である強制参加ではなく、自ら参加する事が凄《すご》く良いとララ夫人は手を合わせ絶賛していた。

「騎士団は厳しいが、まずは怪我《けが》などしないよう、無理をせず頑張るといい」

「お言葉をありがとうございます!!」

「この国の男子として恥じぬよう、頑張りたいと思います!!」

「「では、失礼致します!!」」

アレク王子から言葉をもらうと、ハーマイル子爵令息達は嬉《うれ》しそうに頭を下げ、足早に去っていくのであった。

「右の方はロイス様とおっしゃる方で、平民の出だそうですよ」

小さくなっていく少年達を見ながら、ララ夫人が静かに言った。

「我が国は身分に関係なく、能力を買うからな」

騎士団に入るかもしれない子達を、アレク王子も見ていた。

だが、ララ夫人の言いたい事はそこではない。

「学園に通っていらっしゃらない平民でさえ、最低限の教養がおありだと、これでお分かりになりましたでしょう?」

「何が言いたい?」

「わずか十歳ほどの子達でさえ、分を弁《わきま》えておいでです。お比べになられずとも、いかに――」

「黙れ、ララ」

ララ夫人が何を言いたいのか分かったアレク王子は、ララ夫人が最後まで言う前に一蹴した。

昨日の今日で、彼女の何が分かるとアレク王子は睨《にら》んだのだ。


「お前は解雇する。早急に去るがいい」

「さようにございますか。では失礼致します」

ララ夫人はクビになっても、顔色一つ変えないどころか、満面の笑みでそう返した。

苦労が目に見えていたし、苦労が水の泡になる未来しか見えなかった。ならば、あの娘に割く時間は無駄である。

そう思うと、晴々しかったのだ。

「使えない」

現状をまだ理解していないアレク王子は、去るララ夫人の背を忌々《いまいま》しげに見て、舌打ちをするのであった。

第二十一章　アレクとマーガレットの愚策

「あ、アレク様ぁ」

ララ夫人が出ていってしまったので、やる事のないマーガレットは廊下をウロウロとしていた。

アレク王子の自室にと考えたのだが、場所を知らない。

そして、どうしようかと思っていたら、アレク王子が来たのである。

マーガレットは涙目を見せながら、アレク王子に縋《すが》る。

「ララに虐《いじ》められたのか」

「そうですわ。何を言っても私を馬鹿にして」

「あぁ、アレは解雇した。次をすぐに用意するから、しっかりと勉強して早く結婚しよう」

マーガレットの言う事を鵜呑《うの》みにしているアレク。

縋るマーガレットの頭を優しく撫《な》で、結婚の誓いを口にする。まだ、国王からの許可を得ていないのにもかかわらずである。

「その事なんですけど……」

マーガレットは涙目でアレクを見上げた。

「なんだ？　マーガレット」

「〝メリッサさん〟とは違って、私は今まで王太子妃教育なんか〝一切《いっさい》〟受けて来ませんでしたわ。ですから、公務はメリッサさんに任せて、私はアレク様のお心を支えるために、お側《そば》にずっといたいと思います」

アレクの胸にそっとしなだれかかるマーガレット。

勉強はしたくないし、公務なんて難しい事から逃げたかったのだ。

「う、あぁ、そうだな。メリッサか。確かに出遅れたマーガレットの教育には時間が掛かる。父上に進言してみよう」

「お願いしますわ」

マーガレットは口元を綻ばせていた。

これで、公務のすべてをメリッサに押し付けられると。

◇＊◇＊◇

「は？」

「ですから、マーガレットには私の側で安らぎを与えてもらうだけで充分ですから、公務はメリッサにやってもらえばいいかと」

アレクは、マーガレットの言葉を鵜呑みにし、父である国王にその提案をしたのだ。

「結婚した後、あの娘に公務はやらせんと？」

国王はあまりの愚策に、呆気《あっけ》に取《と》られてしまった。

息子がこんな事を言うとは、夢にも思わなかったのである。

「はい。彼女はメリッサと違い、王太子妃教育を受けて来ませんでした。ですので、教育を受けて来たメリッサにやらせれば」

「王太子妃でもない彼女に、王太子妃としての公務をやらせるのか？」

「一時の間ですが」

マーガレットが教育を終えるまで、或《あ》るいはそのまま継続させても良いだろうと、アレクは簡単に考えていたのだ。

「では、王弟妃としての役割は誰がやるのだ？」

「兼任という事で」

アレクは深く考えず、掛け持ちさせれば良いと願い出たのである。

メリッサはマーガレットとは違い、何年も前から教育を受けていた。だから、問題はないだろうと。

「アレク」

「なんでしょう」

「では、お前は王弟の仕事と、王太子の仕事の兼任が出来るのだな？」

国王は呆《あき》れ返《かえ》りつつ、冷静に冷静にと努めた。

思わず手が出そうで仕方がなかったのだ。

「は？　それとこれとは話がまったく違うでしょう？」

「違わん!!　お前が言っているのはそういう事だ!!」

自分の事は棚に上げまくり、メリッサにすべてを押し付けようとする魂胆に、国王はとうとう声を荒らげ叱責していた。

どれだけ、妃の仕事を馬鹿にしているのか。王妃がこの場にいなくて良かったと、心から思う。

「王太子妃の仕事は王太子妃の仕事だ!!　メリッサはアーシュレイの妃なのだぞ!!」

「ですが、二人の結婚はまだまだ先でしょう？　それまでは王太子妃としての公務をさせたとしても、問題は――」

「大アリだ馬鹿者!!」

国王は執務机をダンと、力一杯叩《たた》いていた。

何故《なぜ》問題がないと思っているのか、国王には理解が出来なかったのだ。

「王弟妃が王太子妃の仕事を兼任するなんて、そんな馬鹿げた話があるか!!」

「しかし、マーガレットには荷が重過ぎます」

「なら、愛妾《あいしょう》にでもして正妃を迎えろ!!」

「愛妾!?　元はメリッサが王妃の予定だったのだから、彼女にやらせれば良いだけの話ではないですか‼」

「な‼」

あまりの馬鹿さ加減に、国王は絶句してしまった。

そんな理不尽な話があって良い筈《はず》がない。

「もういい‼　メリッサにやらせたければ、夫であるアーシュレイに許可を得るがいい」

国王は頭に血が昇り、アレクの顔を見たくもないと扉を指差して、出ていけと怒鳴ったのであった。

こんな考えをする息子だったのかと、国王は頭を抱えるのである。

「叔父上に」

「そうだ！　でなければわしは許可などせん‼」

アレクは苦手な叔父に、そんな提案をするのは嫌だなと思いつつ、国王の執務室を後にした。


しかし、マーガレットの教育はメリッサに比べると、差があり過ぎる。時間が足りないとアレク王子は感じ、不本意ながらも許可を得ようと、〝メリッサ〟の元へ向かっていた。

父は王弟アーシュレイにと言ったが、要は本人から了承をもらえば良いのだ。なら、苦手な叔父より、慣れ親しんだメリッサの方が楽である。

生徒会でも仕事をし王太子妃教育を受けていたのだから、ならば、兼任など容易《たやす》いだろう。

それに、話せばきっと理解して、マーガレットの代わりをかって出てくれるに違いない。

◇＊◇＊◇

「え？　私がマーガレットさんの代わりに？」

メリッサはアーシュレイと別れ、屋敷《やしき》に帰ろうとしていたところをアレク王子に捕まっていた。

「そうだ。マーガレットはお前と違い、今までまったく王太子妃教育を受けて来なかったからな。お前が代わりにやってくれればイイ」

「やってくれればイイって」

元婚約者であるメリッサに、浮気の謝罪すらない。

そんな状況でなお厚顔無恥な願いに、メリッサは怒りを通り越して呆れていた。

「百歩譲ってその提案を私が引き受けるとして、マーガレットさんは何を？」

元々、そんな提案を快諾する気もないが、自分に王太子妃の仕事をやらせて、マーガレットは何を？　と思うより先に声に出てしまっていた。

「私の側で、私を癒《いや》してくれる」

「……」

メリッサ、絶句である。

要は何もしないと同義ではないか。人に面倒な仕事を押し付けて楽をしようとしているのだ。

あまりの馬鹿さ加減に二の句が継げないでいると、どこからか声がしたのである。

「メリッサ、その代役、引き受けてあげたらいい」


「は？」

メリッサは理不尽な提案に、つい苛立《いらだ》った声を出してしまった。

何を勝手に快諾してくれるのだと。

「怖いね。私の花嫁《はなよめ》さんは」

思わず出た声と表情に、アーシュレイが両手を挙げていた。

話し込んでいた二人に、アーシュレイが距離を縮めていたらしい。

「アーシュレイ殿下」

「叔父上」

メリッサはアレク王子の提案を引き受けては？　という、アーシュレイの適当な返答にムスッとしていたが、アレクは苦虫を嚙み潰したような表情をした。

不味《まず》い相手に出くわしてしまったと。

「王太子妃の代役だろう？　構わないよ、アレク」

話を聞いていたアーシュレイは、ニコリと笑いアレクの理不尽な提案を快諾したのだ。

「な、アーシュレイ殿下⁉」

メリッサは憤《いきどお》りを覚えた。

その提案で得をするのは、マーガレットだけである。自分に利など一切ないのだ。なのに、何故そんな身勝手な提案を受けるのだ。

しかも苦労するのは自分である。

「いいのですか⁉　叔父上」

まさかの承諾に、アレクは堪《たま》らず顔が綻んだ。

アーシュレイでもさすがに、この代役を許すわけないと思っていたからだ。

「あぁ、勿論《もちろん》構わないよ」

「あ、ありがとうござい――」

アーシュレイに、お礼を言おうとした瞬間、アレクは続く言葉に固まった。

「仕方がない。王太子の代役は、私がやってあげよう」

アーシュレイがそう言ったからである。


「は？」

今度は、アレクが眉をひそめる番だった。

「だから、王太子の代役はこの私がやろう」

「おっしゃっている意味が……」

「メリッサが王太子妃の代役を務《つと》めるなら、その夫である私が王太子の代役を買ってやると言っているのだよ」

「なっ!! そんな必要は――」

降って湧いた提案に、アレクは反論した。

王太子の代役などは、求めていないのだ。

「あるだろう? 王太子妃の代役を、お前の元婚約者のメリッサがやれば、いらぬ誤解を招きかねない。ならば、いっその事、王太子も代役にしてしまえばいい」

「……っ!」

「お前の代役なら私でまったく問題ないし、私の妻になるメリッサも申し分ない。私も暇ではないが、可愛《かわい》い可愛い甥《おい》の頼みとあれば、夫婦揃《そろ》ってお前達《まえたち》の代役を引き受けようではないか」

「……」

「陛下には私から申し出て、許可を得ておいてやる。お前は安心して、私達に〝すべて〟任せれば良い」

「な、そんな勝手な!!」

メリッサの肩を抱き、足早に去ろうとするアーシュレイに、アレクは慌てて声を掛けた。

このままでは、本当に王太子の代役までやられてしまう。

ただでさえ、次期国王は王弟にとの声が上がる中、それは不味いとさすがにアレクも感じ取ったのだ。

「王太子の公務は私が出来ます。代役など必要ありません」

「で？」

「え？」

「それで？」

「……」

アーシュレイの冷めた目に、アレクは気圧《けお》されてしまった。

「そうなれば、王太子妃の代役も必要ないね？」

「……」

アーシュレイに顔を近付けられ、念を押されてしまったアレクは、押し黙るしかなかった。

「大体、初めから代役を考えるとは性根が腐りきっている。癒しだかなんだか知らないが、王太子妃の仕事をさせないで側に置く？　それを世間では愛妾と呼ぶのだが、可哀想《かわいそう》に我が甥殿はどうやらそれも知らなかったらしい」

完全に馬鹿にしたセリフが返って来た。

しかも、すべてが正論で返す言葉もなく、むしろこの場から去りたいとすらアレクは感じていた。

王弟アーシュレイに敵《かな》う筈などなかったのだ。

「それと、だ」

まだ、何かあるのかとアレクは構えた。

もはや、説教のようで嫌気が差していたのだ。

「王太子妃、王太子妃と言っているが、あの娘はまだ〝候補〟だろう？　代役を頼む前に、陛下や王妃にお前達の結婚を認めてもらうのが先ではないのか？」

アーシュレイは先走る甥に、ただの勇み足だと鼻で笑ったのだ。

すでに二人は結婚する気でいる。二人も揃って頭のネジが緩いにも程がある。

「父上からは、結婚を認めてもらっている」

「教育も終わっていないのにか？」

アーシュレイは、面白そうに言った。

兄である国王が、この私に黙って、アレク王子とマーガレットの結婚を許すわけがないと。

「……っ。教育は結婚した後からでも」

「なぁ、アレク。陛下は、本当に結婚を承諾したのか？　教育が終わったらと言っていなかったか？」

「承諾してくれたに決まっているだろう‼」

「なら、結婚式は〝いつ〟だと言っていた？」

アーシュレイは目を細め、真偽を確かめていた。

嘘《うそ》や勘違いというより、思い込みのような気がしてならなかったのだ。

「半年後だ!!」

アレクがそう堂々と言うものだから、メリッサは思わずアーシュレイを見てしまった。

半年後は自分達の結婚式だ。王族の結婚式を同時に挙げるなんてあり得ないし、続けてするにも予算は組めない。

だが、メリッサは彼が何を考えているのか理解が出来た。

アーシュレイが言っていた花嫁のすげ替え。

アレクは、自分が挙げる予定だった結婚式の花嫁を、メリッサからマーガレットに替え、そのまま出来ると思い違いをしていたのである。

第二十二章　アレク王子の思い違い

アーシュレイは、苦笑いしながら器用に溜《た》め息《いき》を吐いていた。

あまりの思い違いに、どうしていいのか分からないのかもしれない。

「半年後。アレク、お前は初めての恋に浮かれ過ぎて、周りが見えないにも程がある」

アーシュレイは憐《あわ》れむような目を、甥《おい》のアレク王子に向けていた。

周りの声にしっかりと耳を傾《かたむ》けていれば、半年後の結婚式はアレク王子とマーガレットではなく、王弟アーシュレイとメリッサの結婚式だと分かるのだ。

学園では、アレク王子に直接メリッサと王弟アーシュレイとの結婚話はしないかもしれない。

だが、気を配ればいくらでも耳にする話である。

アレク王子は思い違いから、自分達《たち》以外の結婚式だと思っていないのだろう。

「な、馬鹿にするのも大概にして下さい‼」

先程からずっとアーシュレイは諭していたが、それがアレクには説教をされているように感じるらしく、ますます反発してしまった。

「なら、陛下に直接お訊《き》きすればいい」

自分からは何も言っても無駄だなと、アーシュレイはメリッサを連れ、その場から去るのであった。

◇＊◇＊◇

「父……国王陛下!!」

アレク王子はノックもそこそこに、執務室の扉を勝手に開けて中に入っていた。

「今度はなんだ、アレク。アーシュレイの許可でも下りたのか?」

書類を持つ手を止め、怪訝《けげん》な表情を見せた国王。

まさか、弟のアーシュレイから許可が下りたのかと、内心焦《あせ》っていた。あのアーシュレイが提案を呑《の》むとは思わないが、了承したとなれば、タダでは済まない筈《はず》だ。

「叔父上の許可なんて、今はどうでもいいのです」

「は?」

国王は持っていた書類を落とすところだった。

どうでもいいとはどういう事か、理解に苦しむ。

「陛下は私とマーガレットの結婚を、許してくれましたよね?」

「……」

「許して――」

「許可など出してはおらん」

やはり、自分の話を聞いていなかったと、国王は酷《ひど》く落胆していた。

恋愛脳とは聞いた事があるが、まさに今の息子がソレだったのだ。

「つい先日――」

「候補だと言ったであろう」

怒る気力も湧かない国王からは、疲れきった声が漏れた。

「ですが！　半年後には私達の結婚式ですよね？　認めてくれたも同然では――」

「ない!!」

アレク王子の言葉尻を、次々とぶった切った国王。

やはり、息子は何も分かっていない事が分かった。弟アーシュレイが危惧していた事が、まさに起きていた。

花嫁のすげ替えで済む、王太子妃教育もしない。息子はお飾りの妃を据《す》えるつもりなのだと、理解した瞬間であった。

「いいか、アレク。あの娘はあくまでも候補。教育課程の進み具合によっては、候補から外し新たに選出せねばならん」

この様子だと、早々に探さなければならないと、国王は考えていた。

「新たに？　私は彼女を王妃に――」

「王太子妃としての役目も出来ぬのにか？」

「まだ、始めたばかりなのに、見限るのは早過ぎるでしょう⁉」

「どの口が言う？　早々に投げ出したあの娘の代わりに、メリッサをその役目に押し付けようとしていたヤツが」

「……」

アレク王子は押し黙ってしまった。

確かに、さっきの今である。なのに、出来ると豪語は出来なかった。

「大体、半年後に行うのは、アーシュレイとメリッサの結婚式だ。お前は結婚出来るかさえ、分からんからな」

「え？　半年後の式は、私とマーガレットの結婚式でしょう⁉」

自分とマーガレットの結婚式だとばかり思い込んでいたアレク王子は驚愕《きょうがく》していた。

「王太子妃教育さえも終わっておらんのに、何が結婚式だ。そんなにあやつと結婚したければ、さっさと教養を身につけさせろ」

「結婚してからでも！」

「クドイ‼」

まったく引き下がらない息子を一蹴した国王。

結婚してからでは、もう遅いのだ。マーガレットが王妃どころか王太子妃としての資質なしとなったとしたら、側妃を迎えるしかない。

だが、子を産めぬ事が前提にあった上での側妃。公務はやらせ後継ぎは産ませぬ。そんな条件を呑む側妃がいるわけがない。

こちらばかりが都合の良《い》い条件を、誰が容認するのだ。マーガレットを愛妾《あいしょう》にしたとしても、正妃を迎える前に愛妾がいるなんて前代未聞《ぜんだいみもん》の話だった。

「結婚したら王太子妃としての公務をせねばならんのだ。王太子妃としての教養もない娘が、どうやって王妃の仕事をする？　またメリッサか？　あぁそれも良いかもしれんな。彼女は王妃として、その夫アーシュレイを王にしてしまえば良い。さすれば、万事解決、万々歳だ」

「なっ!!」

「良かったではないか。あの娘は王妃の職務をする気がない。ならば、ついでに夫になるお前もすべて放棄し、二人仲良く平民に成り下がるがいい」

「そ、そんな極端な話がありますか!!」

アレク王子は不味《まず》い事になったと、冷や汗を流し始めていた。

確かに、王妃の仕事をメリッサに押し付け、アレクは国王の仕事。そんな条件、自分が叔父アーシュレイの立場なら容認出来ない。

「仕方なかろう。ブロークン男爵の家は長子がおる。婿入《むこい》りは出来ぬのだからな」

「私は王籍を放棄する気はありません!!」

「ほぉ？　だが、あの娘は仕事を放棄するのだろう？」

国王は再び問う。

男で女が変わるように、女で男も変わる。高め合う夫婦もいれば、楽な方へ逃げる夫婦もいる。

息子は残念な事に後者であった。

「それは、私が」

アレク王子は、思わずマーガレットを庇《かば》ってしまった。

「唆《そそのか》した？　まぁ、どちらにせよ仕事をしないのなら、王太子妃を名乗る資格などない。それでもあの娘をと望むのなら、愛妾を認めてくれる寛大な妃を探す事だな」

「そんな」

「そんな？　そもそも職務放棄をしなければいい話だろうが。初めから遊んで暮らそうなんて甘い考えの輩《やから》は、この王家に必要などないわ」

「……」

「わしは忙しいのだ。お前のくだらない戯言《たわごと》に耳を傾けている暇はない」

もう出ていってくれ。

そう言われてしまったアレク王子は、返す言葉もなく執務室を後にしたのであった。

第二十三章　メリッサは王弟に囚われる

「どうしてあんな風になってしまったのでしょう」

遠ざかるアレク王子の背を見て、メリッサは溜《た》め息《いき》が漏れた。

アーシュレイはメリッサの肩を引き寄せると、自分からは何も言いはすまいと去るのであった。

昔は、父のようになりたい、叔父のアーシュレイよりも上に行くのだと、志高く尊敬さえしていたのに。

「良くも悪くも、学園の解放感に呑《の》まれ過ぎたんだろうね」

「え？」

「次期王として周りから期待され、圧をかけられていただろう？　それが学園という場所で自由を得た。王族ではなく、庶民のように過ごしていく内に、元に戻れなくなったのだよ」

「……」

気持ちは分からなくもない。

なんのしがらみもなく、自由に出来るのだ。そんな楽な事はないだろう。

メリッサは、学園の後に王太子妃教育があった。だから、すぐに現実に戻れたのだ。だが、アレク王子にはそれがない。

学園に通うアレク王子に代わり、叔父であるアーシュレイが担《にな》ってくれたから仕事はほとんどないのだ。

国王自身も健在で、アレクにはまだ国王の責務はない。国王のサポートは宰相であるフォレッド侯爵や王弟アーシュレイがやっている。

となれば、アレク王子は学園で自由を満喫し、王宮ではサポートのサポート程度の職務しかない。


「卒業したら公務に追われるからと、学園で自由にさせ過ぎたな」

一応、苦言は呈《てい》していたが、自分に都合のいい言葉しか、聞かないのだとアーシュレイは苦笑いしていた。

アーシュレイなど、会うたびに注意していたため、嫌われるどころか避けられていた。

「楽しいですからね。学園は」

メリッサも同じく苦笑いしていた。気持ちは分かるからだ。

学園ではアレクやメリッサには誰も叱責などしない。

身分は関係なく平等とは言うものの、忖度《そんたく》は必ずある。卒業したら貴族生活に戻る彼等《かれら》が、最上位である王族のアレク王子を持ち上げないわけがない。

小さな事でも褒《ほ》め、顔を憶《おぼ》えてもらおうと擦り寄る。嫌な事はやらせず、好きな事だけをやらせる。

婚約者であったメリッサなら立場上苦言を言っても何もないが、身分の低い者達は違う。平等平等とは言ったものの、万が一彼の機嫌を損ね、家に何かあったら困るのだ。だから、平等でありながらも平等ではない。それが学園だ。

メリッサと、アレク王子の幼馴染《おさななじ》みでもあるマークが、特別なだけであった。彼だけは、アレク王子にも食い下がる。

間違いは間違いだと、強く言える無二の存在。

アレク王子は、王弟アーシュレイ同様に毛嫌いしていたけど。

「公と私は分けるべきだがね」

「アーシュレイ殿下のように？」

メリッサは、つい思わせ振りに言ってしまった。

彼は学園でかなりの浮名を流していたらしいと、耳にした事があるからだ。

「殿下〝も〟色んな女性と、遊んでいたらしいですわね」

あくまでも噂《うわさ》。だが、真実に近い噂だ。

だから、アレク王子の味方なのかと、つい口に出てしまった。

「妬《や》いてくれるのかい？」

その瞬間。アーシュレイが嬉《うれ》しそうな笑みを溢《こぼ》した。

「……ち、違います」

メリッサは顔を逸《そ》らした。

何故《なぜ》だか、してヤラレた感がしたのだ。

「今はメリッサ一筋だよ。可愛《かわい》い奥さん」

「〜〜っ!!」

アーシュレイはそう言って、メリッサの頬にキスを落としたのだ。

揶揄《からか》われているのだと分かっていても、胸が熱くなるのは抑えられないし、頬だって真《ま》っ赤《か》に染まっていた。

「か、揶揄うのはおやめ下さい!!」

と、距離をおこうとしたのだが、腕を摑《つか》まれ失敗に終わった。

逆に、吸い寄せられるように、自然に彼の腕の中にすっぽりと収まってしまったのだ。

「本気ならいいのかい?」

「え?」

メリッサを包むアーシュレイの力が、少しだけ強くなった。その言葉と仕草に、メリッサの胸はトクンと跳ねる。

そして、メリッサの耳にアーシュレイの息が掛かった。

「本気なら、どうする？　メル」

突然の愛称。それが、アーシュレイの甘い香りに絡《から》んで耳朶《じだ》に掛かる。

メリッサはその甘美な声と言葉に蕩《とろ》けてしまい、もう何もかも逆らえなくなってしまった。

腰が砕けそうで、堪《たま》らずアーシュレイの腰にしがみつけば、今度はその瞳に捕まった。

優しく甘い蒼《あお》い瞳に酔ってしまったメリッサは、頬を染めアーシュレイの瞳から逃れられなかった。

「愛してるよ。私のメル」

その気がなくても、頬を染め強請《ねだ》るような仕草で誘ったのはメリッサ。

当然、その口に、アーシュレイの甘く蕩けるような口付けが落ちて来たのは、言うまでもなかったのである。

第二十四章　それぞれの思惑

「マーガレット様。王太子妃教育はどうなの？　やっぱり厳しいの？」

「王宮はどう？　豪華？」

「アーシュレイ様には会った？　やっぱり素敵だった？」

「結婚式はいつやるの？」

「結婚したら宮はどこをもらえるの？」

学園の勉学もそこそこに、マーガレットが王城へ通うようになると、周りの女性達《たち》からは羨望の的《まと》になった。

アレク王子と親しくしていた時より、それはさらに強くなり、マーガレットは気分が良かった。

「皆、落ち着いてよ。勿論《もちろん》、勉強は大変だけど私は〝王妃〟になるわけだし仕方がないわ。あ、住む場所だけど、どうやらアレクと同じ王宮だと思う」

「「「きゃあぁっ!!」」」

マーガレットがペラペラと話せば、周りにいた一部の女性からは羨《うらや》ましそうな声が上がっていた。

ただの下位貴族の少女が学園で王子に出会い愛を育んだシンデレラストーリーに、憧《あこが》れと羨望の眼差《まなざ》しを寄せていたのだ。

あわよくば、王宮に招待され、自分達もその運に乗っかろうと企《たくら》んでいるのである。

「馬鹿よね、あの人。何故《なぜ》かすでに結婚する気でいるけど、まだ決まったわけじゃないのよね？」

「そうそう。候補でしかないのでしょう？」

「隣のクラスのカリン様に、内々に打診があったらしいって耳にしましたわ」

「違うわよ。カード伯爵家のリリー様じゃなかったかしら」

「なんにせよ。もうそんな噂《うわさ》があるんじゃ、王太子妃教育なんて進んでないんじゃない？　だって、中等部だった頃の彼女の成績知ってまして？　八位よ？」

「え？　八位？　別に悪くはないわよね」

「やだ、後ろからよ」

「「「プッ‼」」」

教室の片隅でそんな噂話をされている事に、マーガレットはまったく気付いていなかった。

王子と結婚すれば、王妃になれるものだと信じて疑わない彼女には、自分を取り囲んで羨ましそうな同級生の声や姿しか、見えなかったのである。

まさか己の言動次第で、王妃の座はおろか、王太子妃すらなれない事も、ましてやアレク王子の立場さえ危うい事もわかっていなかった。

同級生は祝福している陰で、自分より格下の人間が地位を得る事を妬《ねた》んでいた。

マーガレットには今、アレク王子という強力な後ろ盾があるから手を出さないだけで、足を踏み外す姿を想像し嘲笑し、待っているのである。


確かにこの中には純粋に、成り上がっていくマーガレットを、祝福する者もいる。

だが、毎日のように自慢話しかしないマーガレットに、人は次第に嫌悪感を抱いていく。

マーガレットは、内心皆の事を鼻で笑っていたとしても、表向きは謙虚で頑張る姿を見せれば良かったのだ。

頑張る姿にほだされ、味方は自然と多くなるモノ。

しかし、今の彼女は王妃になれると思い込み謙虚さを忘れ、傲慢とも取れる態度を取るようになってしまった。

万が一にも、彼女が王妃になれたとしても、社交場で接見するのは、今ここにいる女性達なのである。

次第にマーガレットへの愚痴がヒートアップして来た女性達は、マーガレットには分からない言葉で嘲笑し始めていた。


『メリッサ様が王太子妃になれば良かったのに』

『そうよね。そうなれば、次期王妃はメリッサ様だったわ』

『でも違うのでしょう？　いつかアレが王妃になるかもと考えたら、うちは王弟のアーシュレイ殿下を推す事になりそうだわ』

『同じ、うちもアレク殿下はないと言ってたわよ』

『アーシュレイ様とメリッサ様。絵に描いたような夫婦だわ』

『あの二人が国王と王妃だなんて最高じゃない？』

『確かに最高だわ。絶対、アーシュレイ様に国王陛下になって頂きたいわ‼』

こうして、マーガレットの言動は様々な人の耳や口を介し、名のある貴族だけでなく、国民にも伝わっていくのであった。

エストール王立学園はただの学びや遊び場ではない。

貴族の社交場も担《にな》った、子供達の社会を学ぶ場なのである。

その事は、入学式で学園長が真っ先に伝える恒例の言葉なのだが、楽しさにかまけ皆忘れていくのであった。

第二十五章　アレク王子の変化

学園卒業を間近に控えたアレク王子は、王宮にいる時間が増えていた。

それと同時に学園の皆にも、次第に遊んでいられない空気が流れ、必然的に貴族本来の姿に変わる。

身分と関係なく友人とワイワイする事も少なくなり、どこかよそよそしくなったり、特定の人物とは距離をおく者なども出始めた。

それは、学生時代の遊びに終わりを告げた証拠でもあった。

身分を関係なく付き合えるか、あくまでも貴族として付き合うか、卒業を間近に見極めて態度が変わったせいである。

それにより、アレク王子を取り囲む環境もガラリと変わり、彼の心境にも変化が訪れていた。

彼は、こう見えても元々は真面目な性格。

学園の解放的な生活も終わりを告げ、父や叔父に叱責され、立場を改めて考えさせられた。

悪友との付き合いも少なくなり、大人と関わる時間が増えると、自然に自分の立場とやるべき事を、見つめ直すようになったのであった。

「マーガレット様は真面目に受ける気はなさそうです」

「相も変わらず、私共の事は〝さん〟付け、言葉遣いを正すおつもりがないのですが」

「廊下は走らないと言ってもまったく聞きませんし、教育云々《うんぬん》以前の問題かと思われます」

家庭教師からは、毎日のように苦情が来た。

初めは、優しくしろと強く言っていたが、その家庭教師からある日――。

アレク王子自らニバール語を教えて差し上げては？　と提案があったのだ。それも良《い》いかと、時間を作り自ら教える事となったが――。


「ゴメンなさい、アレク様ぁ。やっぱり私には難しいです」

「難しいって、かなり初歩的なところだぞ？」

「そうなんですけど、アレク様がスゴいんですよ。こんな難しい事が簡単に出来るなんてぇ」

「……」

「あ、でもぉ。私が今から覚えるより、メリッサさんとかに通訳してもらえばイイじゃないですか!!　だって、元はと言えばアレク様の役に立つために勉強したんですよ？　使ってあげないと可《か》哀想《わいそう》です」

彼女は難しいとすぐ涙目になる。縋《すが》る。

挙げ句、メリッサを通訳に付ければいいと言い出し、さすがのアレクも呆《あき》れてしまった。

学園でのマーガレットは可愛《かわい》く見えた。

何かやってあげれば、嬉《うれ》しそうにお礼を言ってくれ、プレゼントの一つでもあげると、抱きついて来たりもした。

王宮では誰も言ってくれないような、褒《ほ》め言葉や称《たた》える言葉もくれたのだ。

自分を見つけると、満面の笑みを浮かべて可愛い声で自分の名を呼んでくれる。

それが、新鮮で愛らしく見えた。

表情の見えない王宮での生活に、一つの光が見えたようでマーガレットといると、自分を人間らしくしてくれる気がしたのだ。

――だが、だがである。

何度注意しても変わらない彼女に、アレクの気持ちに少しずつ変化が見えた。

王太子妃教育は、自分と結婚するために必要な課程だ。

しかし、やっている風に見せているだけで、一向に進まない。

自分は国王になるべく頑張っているのに、彼女は何故《なぜ》真面目に頑張ってくれないのだろうか？

自分の事を本当に、愛しているのだろうかと疑いさえ感じていたのだ。

学で愛を測るものではない。だが、彼女は一生懸命にやる姿勢がまったく見えなかった。自分はそんな彼女の何を見て、好きになったのだろうか？

――そして。

彼女は一体、自分のどこを好きになってくれたのか。

もう、アレク王子は分からなくなっていたのである。


――それから、数日《すうじつ》経《た》ったある日。

「アレク様～。急《せ》かすのもと思ってましたけど、そろそろドレスの採寸とかしてくれないと間に合わないと思うんですよ」

まったく王太子妃教育が進んでいないマーガレットが、アレクの袖《そで》をつまんでそう言って来た。

どうやら、三ヶ月後に国を挙げて盛大に行われる結婚式は、自分達《たち》のだと疑っていないようだった。

「マーガレット。私達の結婚式はまだ行われない」

その言葉に三ヶ月後に行われる結婚式は、叔父とメリッサのものであると伝え忘れていたと、アレクは思い出した。

しかし、マーガレットの教育が終わったら行うと、アレクは伝えていた筈。その教育もまったく進んでいないのに、結婚出来るわけがない。

「え？」

「私達の結婚はまだだ」

言葉の意味を理解しないマーガレットに、アレクは溜め息《たいき》混じりに答えた。

「どうしてですか？　もうすぐですよね？」

「三ヶ月後に行われる結婚式は、叔父上とメリッサのだ。私達のはまだまだ先だ」

「ええ、なんでですか⁉　三ヶ月後のって、アレク様の結婚式でしたよね？　だから、〝私達〟の結婚式じゃないですか。あ、メリッサさんのワガママですか？　そんな横暴許してイイんですか？」

「違う。マーガレットとの結婚の許可が、下りていないからだ」

「え？」

すでに王妃になる気分でいたマーガレットは、目を見開いたまま時を止めていた。

友人達には、結婚は卒業後すぐだと伝えてしまったし、両親は……何を言っていたか覚えていない。


「だって、アレク様がプロポーズしてくれて、私はハイって」

「そうだ。だから、キミの王太子妃教育が始まった」

「ですよね？　なら私達、すぐ結婚するんでしょう？」

王太子妃教育の意味すら分からないマーガレットは、まだ理解出来ずキョトンとしていた。

市井《しせい》の人達のように本人同士が承諾すれば、簡単に結婚出来ると勘違いしているらしい。

「キミの教育が終わり次第な」

そう何度も説明した筈《はず》なのに、何一つとして伝わっていなかった。

「私の？」

「そうだ」

「え？　だって、私の代わりはメリッサさんがやるんでしょう？」

「それは出来ないと伝えた筈だろう？」

父や叔父に却下され、しかも次期国王の座まで危うくなったアレクは、マーガレットにその事を伝えた筈だった。

なのに、まったく分かっていなかったらしい。

「出来ないって。そんな筈はないじゃないですか。メリッサさんは王太子妃教育まで受けた人なんでしょ？　私の代わりなんて簡単じゃない」

だからこそ、まだマーガレットはこんなセリフを言えるのである。

「あぁ、簡単だろうね？」

「なら――」

「そうなると、私も王太子を叔父に譲らなければならないんだけど、そうして欲しいのか？」

「え？　譲る？」

「そうだ」

「なんで？」

「王太子妃の仕事は、王太子の妻がやるべき仕事だからだ」

「なら、譲ればいいんじゃないですか？」

マーガレットは満面の笑みを浮かべた。

「な！」

アレクは絶句である。

彼女はまったく、自分が口にした言葉の意味や重みを理解していなかった。

「私達が無理してやらなくても、出来る人がいるんだから、そういう人達に全部任せて、私達は王宮でのんびり暮らせば」

マーガレットは、大変な仕事をするくらいなら、別に王妃でなくても構わないのだ。

贅沢《ぜいたく》な生活が出来て、夜会や公務という名の旅行さえ楽しめれば、それで構わない。むしろ、王妃なんてメリッサがやればイイとさえ思い始めていたのだ。

「のんびり？」

「そう、のんびり。そのためにメリッサさん達がいるんですよね？」

アレクが、愕然《がくぜん》としている事に気付いていないマーガレットは、王宮で暮らす楽しい時間を説明していた。

メリッサが王妃をやるのは、適材適所だと。だから、自分は友人を呼んで夜会を開いたり、海外へ視察に行って見聞を広め、周りに伝える仕事をすれば良いと。

アレクは絶句したまま聞いていた。

それを、熱心に聞いてくれているんだと勘違いしたマーガレットは、気を良くして次々と自分が思い描く楽しい生活とやらを、ペラペラと喋《しゃべ》ってしまったのだ。

話をしている隣で、アレクの顔が徐々に険しくなっているのにも気付かずに。

「叔父上達が公務をする横で、私達は遊んで暮らすのか？」

「やだな。遊んでじゃないですよ。りょ……視察とかして、周りの事を教えてあげたりするんです」

外国に行くのだから、勿論《もちろん》、失礼にならないようにドレスや装飾品は買うけれど。

そんな夢物語をマーガレットは、語っていたのだ。

「お前はただ……楽をしたいだけなんだな」

アレクは、今やっとマーガレットの考えが分かった。

マーガレットは自分と結婚すると、王宮で楽しく生活出来ると思い違いをしているのだ。

王族は、ただの金持ちとは違う。貴族の妻とも違う。

贅沢な生活の代わりに、国民のために職務をまっとうする義務があるのだ。ただ、楽しく夜会をして旅行して、王宮で呑気《のんき》に生活していれば良いわけではないのだ。

『愛妾《あいしょう》にでもすればいい』

今更ながらに、父が言った言葉の意味が分かった。

マーガレットに促《うなが》されるがままに、メリッサにやらせればイイと、考えていた自分が愚か過ぎて笑えた。

アレクはそう考えるまでに、成長を見せていたのだ。

「マーガレット」


「え？」

楽する事しか考えていないマーガレットに、アレクは向き合った。

「キミは〝私〟と結婚したいのか？　それとも〝王子〟と結婚がしたいのか？」

「私が平民になったとしても、私と結婚し共に歩くと誓えるか？」

「やだぁ、何を言ってるんですか？　アレク王子はアレク王子ですよ」

マーガレットは笑って誤魔化していた。

アレクが平民になるなんて、考えてもいないのだ。

「私は真面目に訊《き》いているんだ。キミは私が平民になっても付いて来てくれるのか？」

茶化す仕草を見せるマーガレットに、アレクは真剣に訊いたのだ。

「アレク様が平民になんてなるわけがないですよ」

アレクの真剣な言葉に返って来たのは、期待した言葉ではなかった。

あくまでも彼女は、自分を王子としてしか見ていないのである。

そんな夢物語を語るマーガレットを見て、アレクはようやく自分は、いかに周りの話に耳を傾《かたむ》けていなかったのかが分かった。

アレクは幻滅していた。だが、彼女にではない。

自分がいかに愚かだったのかを知り、自分自身に幻滅していたのである。


アレクは目を閉じ、深くて長い溜め息を一つ吐いた。

「ブロークン男爵には、私から後日謝罪をさせてもらう。キミはもう、王宮に来なくていい」

この瞬間――。

やっとアレクは、自分とマーガレットに見切りをつけた。

母が卒倒しかねない選択だが、彼女が平民でもと言うなら、王籍を捨て王太子の座も叔父に譲ってもいいとさえ思った。

だが、そんなアレクの真剣な覚悟を、少しも真面目に考えもせずに茶化したマーガレット。自分とは覚悟も違う。見ている道《モノ》も違う。

何度言っても何も変わらず、いつまでも誰かが自分の代わりにやってくれる。やれば良いと言うマーガレットに、アレクはもう期待するのをヤメたのだ。

「え？」

マーガレットは、王宮に来なくて良いと言われても、それが〝何〟を意味する言葉なのか分からなかった。

王宮に来なくて良い。

それがアレクの別れの言葉とは考えず、ただもうあんな面倒な勉強をしなくても良いと言ってくれたのだと、内心喜んでいた。

だから、この時はまだ遊んで暮らせるんだと、信じていたのであった。


「キミの人生を狂わせてしまい、申し訳なかった」


マーガレットのお気楽過ぎる考えなど知らないアレクは、そう言って頭を下げた。

彼の人生の先に、マーガレットのいる生活は見出《みいだ》せなかったのである。

だが、決して彼女を責める言葉を投げる事はなかった。

自分がマーガレットに心酔してしまったために、彼女の人生を狂わせたと、反省したのだ。

「何を言ってるんですか？　私はアレク様と結婚出来て嬉しいですよ？」

そんなアレクの心情を考えようともしないマーガレットは、アレクが何を謝罪しているのかも分からず、ニッコリと笑った。

どこまでも理解してくれないマーガレットに、アレクは肩を落として笑い返した。

「お前の願いを叶えてやれなくて、すまなかったな」

そう小さく言ったアレクの声は、どこか寂しそうだったのである。

第二十六章　ブロークン家の改革

アレク王子の婚約者候補から、マーガレットの名が消えてから数日後。

ブロークン男爵家に、アレク王子が自ら謝罪に訪れた。

王族自ら謝罪に来るなど、前代未聞《ぜんだいみもん》の出来事である。

マーガレットの教育の進み具合や、メリッサにやらせればと言った発言などの話は一切《いっさい》なしに、ただ己の身勝手で、軽率な行動で婚約者候補にし、白紙にした非礼を詫《わ》びたのだ。

だが、ブロークン男爵は、婚約が白紙になった事に関して、アレク王子を責める事は一切なかった。

それどころか、マーガレットが王太子妃にならなくて良かったと言ったのだ。娘の気質を、一番良く知っている父だからこその言葉だった。

慰謝料についての話し合いもあったが、ブロークン男爵からは何故《なぜ》か一切支払わなくて良いと言われたのである。

ただ、その代わり、世間に流れるだろう醜聞を払拭《ふっしょく》して欲しいと。

しかし……とアレク王子が食い下がらなければ、本当に慰謝料はなしとなるところだった。

——それは、何故か。

娘が王妃になる器と思っていなかったのが、理由の一つ。もう一つは、王妃の父となる自分の立場と重責に、もとより耐えられなかったからである。

そしてなにより、マーガレットが王太子妃になれば、遠くない未来に王妃になるだろう。それが不安で不安で仕方なかったらしい。

妻タニアが勝手に押し進めただけで、ブロークン男爵は当初から乗り気ではなかったのだ。だから、白紙にしてくれて良かったと、お礼さえ言われたアレク王子だった。

「マーガレット。やはり、お前には王妃など無理だったのだ」

アレク王子が帰り、心からホッとしたブロークン男爵は、やっと深い息を吐けた気がした。

「どうして？　私は王妃になれたのに!!」

破談になった事を喜ぶ父に、マーガレットは憤慨していた。

アレク王子を説得してくれるのかと思っていたら、快諾してしまったのだ。おかげで、アレク王子との婚約は白紙になってしまった。

『なれるわけがない。最高の教育を受けられた事だけでも奇跡だ』

「お父さん？　何語で話しているのよ？」

『家の恥を、世界に晒《さら》すところだった』

「だから、何語で話してるのよ!!」

父が訳の分からない言語を使っていたので、マーガレットは馬鹿にされたと憤慨していた。

王宮の家庭教師といい、どうして自分を馬鹿にするのか理解出来ない。

「ニバール語」

兄のノックが小馬鹿にしながらやって来た。

馬鹿だと思っていた妹が、王子を引っかけた事には驚いたが、やはり見限られて帰って来たなと笑っていたのだ。

「は？　だから何よ」

「お前、学園で何を学んでいるんだ？　ニバール語は必須課題だろう？」

「だから何？　私が使えないといけない理由がある？」

「もうないな」

「は？」

「王妃になる人間には必要だったけどな」

エストール学園に通っていたからこそ、王子の目に留まったのだろうが、彼もマーガレットがまったくニバール語を話せないとは、想像していなかったに違いない。

「ニバール語が話せないだけで、私は婚約を白紙にされたって言うの？」

「総合だろ？」

マーガレットの本質を知る兄だからこその言葉だった。

「言葉遣いはダメ。勉強は出来ない。マナーもなってない。どう転んでも王妃どころか王太子妃すら無理だろうよ。候補に挙がっただけで奇跡だよ」

「何よそれ。言葉遣いなんてどうにでもなるし、勉強だってしなくてもメリッサ辺りが補佐でもしてくれればイイじゃない。マナー？　お堅過ぎるのよ。私が王妃になったら、そういうところも改革する予定だったのに!!」

「だが、予定は永遠にナシ。以上」

「きーーっ!!　お兄ちゃん最低!!」

そう言ってドカドカと自室に戻る妹を見て、ノックは呆《あき》れていた。

我が妹ながら、コレのドコが、あの王子にヒットしたのか理解に苦しむ。他人の男にしか見せない裏の顔でもあるのか。


『今回の件は、一応フォレッド侯爵にはお詫びの手紙を一筆書いた方が』

『それで、うちの娘の事を蒸《む》し返《かえ》す事にでもなったらどうするんだ』

『しかし、黙っているわけにはいかないでしょう？　慰謝料の便宜でアレク殿下にそれとなくは？』

『今更ではないか？　いや、一応恥を忍んで伝えておこう。それより、殿下からの慰謝料の事はアイツらには言うなよ？　後がうるさい』

『分かってますよ。それより、いい機会だから母もどうにかしますか』

『そうだな。しかし、家ではかなり躾《しつけ》を厳しくしていた筈《はず》なのに、どうしてこうなったんだか』

父と息子は、母娘《おやこ》が分からないようにニバール語で会話をしていた。

二人は国王から、婚約者候補の打診を受けた時に、マーガレットに王妃なんて絶対無理だと思っていたのだ。

しかし、打診が来た以上は断れない。

そこで考え方を変えた。ある意味でマーガレットの意識が変わる好機だと。王宮に行けばさらに厳しい教育が行われる。

マーガレットが変わるか見限られるか、マーガレット自身がすぐに泣いて帰って来るか、そのどれかだろう。

だから、いい経験だとさえ思い、楽観視していたのだ。まさか、何も変わらず帰って来るとは大誤算だった。


『体罰は道理に反すると、手を出さずにして来たのが良くなかったのでは?』

『いや、アレが相手では一度やったらタガが外れる』

『あぁ、でも使用人達《たち》だって、そんなに甘くは』

『母上《タニア》か』

父と兄は、顔を見合わせ苦虫を嚙《か》み潰したような表情をしていた。

あまり家にいない男二人が厳しく言ったところで、いつも側にいる母タニアがうんと甘やかせば、なんの意味もない。

厳し過ぎなんですよ、と逆に何度言われた事か。


「タニア」

「なんですか？　あなた」

「マーガレットを、いつまで甘やかすつもりだ？」

ブロークン男爵は冷たく言い放った。

このままでは、家の恥とかより娘の未来が心配である。

「いつまでって、マーガレットは可愛《かわい》い娘ではないですか!!」

甘やかして当然だと思っている母タニアは、訳が分からないと反論する。

「いつか嫁に出すマーガレットを、これ以上甘やかしてなんになる？」

「嫁になど出さないでも婿《むこ》でもとって、ノック達と上手《うま》くやれば良いじゃないの」

そうすれば可愛い娘と、離れずに楽しく暮らせると、母タニアは当然のように言った。

「寄生虫はいらないんだよ」

だが、ノックは母タニアを一蹴した。

自分達が頑張る横で、何もせずのんびり過ごす妹夫婦など、いらないと断言したのだ。

「き、寄生虫⁉　言うに事欠いて寄生虫とはなんですか‼」

「なら、コバンザメですか？」

「な‼」

「あぁ、害虫だ」

「ノック‼」

あまりの言い方に、母タニアは顔を真《ま》っ赤《か》にさせて怒った。

だが、ノックはシレッとしていた。

「仕事をするから給料がもらえるのです。家にいるだけで何もしない？　いや、人の稼《かせ》いだ金で暮らすなんて害虫以下ですよ？」

「な、な、なんて子なの⁉」

「いいですか？　母上。今年から、私が家督を継ぐんです。私の妻は会計などで、支えてくれます。父は領地経営の仕事をサポート。では、貴方《あなた》は何をしてくれますか？」

「な、何をって……今まで貴方を育ててあげたじゃないの‼」

「私のご飯を作ってくれたのはマーヤ達。オムツを替えてくれたのはハンナ。勉強を教えてくれたのは、父とサムエル。部屋の掃除をしてくれたのはマーヤや侍女。では、貴方は一体何をして下さいましたか？」

「う、産んだのは、産んだのは私よ‼」

「ありがとうございます」

「わ、分かれば良いの――」

「ですが、その後の貴方は育児を一切せず、父のサポートもせず、夜会などで遊び惚《ほう》けた。その間の生活費は、父がすべて出して下さいましたよね？　それですでに相殺《そうさい》かと。さて、これからは如何《いかが》致しましょうか？」

「如何って何が？」

　母タニアもマーガレットと並び、頭がお花畑のような人なので、息子の言っている意味が理解出来ない。

　いや、したくないのだろう。

「あぁ、すでにお耳が悪いのか。ならば、もう隠居なさいますか？」

「は？」

「働かざる者食うべからず、ですよ」

「……」

「これ以上、何もしないどころか、マーガレットをただ甘やかすおつもりなら、問答無用で出ていって頂きます」

　息子ノックは、強く冷たく言い放ったのだ。

ただ何もせず、散財する人間は必要ない。そんな者が一人でもいるだけで、真面目に働く者の士気さえも下げかねないのだ。

百害あって一利なしと、ノックは切り捨てた。

「あなた」

母タニアは、息子はどうにもならないと夫に縋《すが》った。

今まで、黙認して来た夫ならノックを諫《いさ》めてくれるだろうと。

「タニア」

「はい」

「お前はもう、田舎《いなか》で暮らせ」

「は？」

「散々贅沢《ぜいたく》な暮らしをして満足だろう？」

だが、想像していた夫の姿はそこにはなかった。

助けてくれると思っていたのに、裏切られたのだ。

「ま、満足って!!」

「大体、私達が仕事をする中、お前は一体何をしてくれるんだ？」

「何を……」

改めてそう言われると、母タニアは何も思いつかなかった。

まさか、夜会とは言えず、口を噤《つぐ》んだ。夫のサポートなどした事もない。家事もやりたくない。

「ならば、タニア。マーガレットの嫁《とつ》ぎ先を探せ。その名目如何では、ある程度の夜会への出席を許可してやる。だが、マーガレットが嫁いだ後は、家の事をやってもらう」

「わ、分かったわ」

口では理解を示しながらも、タニアは内心ほくそ笑んでいた。

なら、マーガレットの嫁ぎ先を探さなければイイと、胸を撫《な》で下《お》ろした。適当な理由を並べて引き延ばしても良いし、見つからないと嘆いてみせてもイイ。

そうすれば、マーガレットと仲良くここで暮らせる。

だが、そんな事などすべてお見通しな父と息子。

「期限は三年」

「え？」

「三年経《た》っても進捗なしと見做《みな》したら、マーガレットの嫁ぎ先は私達が探す。そして、お前は田舎か実家で静かに暮らしてくれ」

「な、そんな、ヒドイ‼」

「いや？　仕事もせず、人の金で遊んで暮らす方がもっと酷《ひど》い」

「……」

「マーガレットの躾をちゃんとしていたら、未来は王妃の母となり、今より良《い》い暮らしが出来たものを……」

ブロークン男爵はわざとらしく嘆いてみせた。

タニアが思うような贅沢な暮らしや、毎日遊んで暮らせるなどとは思わない。タニアまで王室で暮らすわけではないのだ。

だが、いつか娘が王妃になっていたのなら、多少のおこぼれはあっただろう。それに、自分達の功績如何では、陞爵《しょうしゃく》したかもしれないのだ。

あくまでも可能性の一部で、土台無理な話だとは思うが。

「そ、そうだわ!! 今からでも遅くはない筈よね!?」

家庭教師を雇えばイイ。

と、母タニアはブツブツと言い始めていた。実に楽観的である。

自分の将来にマーガレットが関わって来ると、やっと理解したようだ。夫や息子は今までのように自分を甘やかしてはくれない。

なら、娘のマーガレットに縋ればいいと方向を変えたらしい。

自分の贅《ぜい》のために、マーガレットを良い所へ嫁がせ楽をしようと算段している。母タニアの浅はかな考えなど、丸わかりであった。

徹底的に、自分自身が変わろうとはしないのは、さすがと称賛するべきか。最悪とすべきか。

「家庭教師か」

「また、泣いたり騒いだりで辞めなきゃいいけど」

「後がないと知らしめるか」

「そうですね」

父と息子は顔を見合わせ、苦笑いしていた。

あの勉強嫌いのマーガレットが、大人しく従うとは思えない。

しかし、このまま手をこまねいていても何も変わらない。

何もせず嫁がず、家にずっと居座られても自分達が困るだけだ。

バタバタとマーガレットの元に行き、何かをし始めた母タニアを見て呆れていた父と息子。

アレク王子がくれる慰謝料を、マーガレットの嫁ぎ先への持参金と、家庭教師代に充《あ》てるかと父と息子は話すのであった。

第二十七章　王宮に走る激震

マーガレットとの婚約を白紙にした今。

アレク王子は、周りが驚愕《きょうがく》する暇も与えないほどに変わっていった。

父の公務を進んで手伝い、王弟アーシュレイには嫌な顔を我慢して教えを乞う。そんな姿が度々目撃されたのである。

「これで、メリッサ様さえ王妃になって頂けたら」

「メリッサ様との事が白紙にならなければ」

「もっと早くに……」

そんな話も聞かれたほどだった。

そして、卒業を間近に控えたある日。

王宮に激震が走った。


「旅に出たいですって⁉」

王宮の一角にある王族専用の食堂には、王妃アマンダの金切り声が響き渡った。

アレク王子の婚約者については、次は保留にしたまま。だが、アレクは王妃も驚愕するほど、次期国王としての気概を見せていた。そんな喜ばしい最中の放浪の旅。

王妃アマンダは、危うく気を失うところだった。

「はい。正確には見聞を広めるべく、様々な国を――」

「そんな事を許すわけがないでしょう!!」

アレク王子は、今回の事で自分がいかに世間を知らず、周りの雰囲気に呑《の》まれる性格だと理解した。

このまま、国王になったとしても他国に後《おく》れを取り、いいように扱われるだろうと、自分自身を冷静に分析したのだ。

だからこそ、この国だけでなく世界や周りを知る事の大事さを感じ、旅に出ると決意したのだ。

それを息子のアレクが説明する中、アマンダは最後まで話を聞こうともせず、立ち上がっていた。

王太子であるアレクが、見聞だかなんだか知らないが、旅に行く事を認める事は出来なかったのだ。

「母上にお許しをもらうつもりはありません。国王陛下、私に旅に出る許可を下さい」

アレクは憤慨している母を無視し、父である国王にその許可を得ようとしていた。

王妃アマンダの視線が、国王に突き刺さる。

許可なんか出すなよ？　と。

「何年だ」

「え？」

「何年だ？」

国王は王妃の視線を無視した。

まさか、こんなにもすんなり許可が得られるとは思わなかったアレクは、父を見たまま一瞬固まってしまった。

母ではないが、一蹴されると思っていた。

「……五年ほど」

行った先次第では、もう少し時間が欲しいと。

「アーシュレイに相談せねばならんが、いいだろう。お前のやる予定だった公務はすべてアーシュレイにやらせる。それで良《い》いな？」

「ありがとうございます!!」

「ふざけないでちょうだい!!」

父と息子が勝手に話を進め、あたかも決定したかのような様子に母アマンダはテーブルを力任せに叩《たた》いていた。

その衝撃でガシャンと激しい音がし、王妃の剣幕に侍女達《たち》はピクリとなる。

「アレクの旅など、この私が許しません!!」

「サウンザのロイド王に会う事があったら、よろしく伝えておいてくれ。アマンダは最近、買い物を控えるようになったと」

「分かりました。先にサウンザに行って参りますので、母上の事を伝えておきます」

王妃の話など、まるで耳を傾《かたむ》けない父と息子は、食事をのんびりと摂《と》りながら談笑さえしていた。

「母上、実兄のロイド陛下に何か伝える事はありますか？」

アレクは母が何を言おうと、旅に行く意志を変えるつもりはなかった。

だから、話はこれで終わりとばかりにニコリと笑ってみせた。

「私は旅など許したつもりはありませんよ⁉」

「そうですか。最近怒りっぽくなったと伝えておきますね」

「アレク‼」

自分の意見をまったく聞かない息子に、アマンダは怒鳴っていた。

アレクが王太子の座を空《から》にして、放浪の旅などに行ってしまえば、その間に王弟アーシュレイ派が次期国王にと上奏する可能性があるのだ。

メリッサやマーガレットの件もあり、アレク王子派は勢力を弱め、逆に王弟アーシュレイ派は勢いを強めていた。そんな中での、アレクの外遊。

アマンダは絶対に容認など、出来なかったのだ。

「息子が見聞を広めたいと言っておるのだ。喜ばしい事ではないか」

「何が喜ばしい事ですか‼　アレクは王太子なのですよ⁉　万が一の事があったらどうなさるおつもりですか‼」

「アーシュレイがおる」

父がそう言った途端に、アマンダの顔が歪《ゆが》んだ。

「あの男に王の座を⁉　そんな馬鹿げた話、私は絶対に許しませんよ‼」

王妃アマンダは、嚙《か》みつくような視線を夫の国王に向けた。

気に入らない王弟なんかに、一時でも国王の座など渡したくはなかったのだ。

そんな事態になったとしたら、刺し違えてでも止めてやるとさえ、ギリギリ拳《こぶし》を握る。

「お前の許可など必要ない。息子の門出だ、盛大に祝って――」

「祝えるモノですか‼　とにかく、私は死んでも許しません‼」

アマンダは再びテーブルを激しく叩くと、扉を蹴るように開け食堂から出て行ったのであった。


――そして、静寂が訪れた。

「許しませんだと」

父は面白そうに笑っていた。

苛烈《かれつ》なあの母の剣幕にも、まったく動じない姿はある意味頼もしい。

「説得してから出た方がいいですかね？」

「どうやって？」

「……ですよね」

アレクは肩を竦《すく》めた。

自分が一番の母を説得するなど、絶対に無理だろう。

「アーシュレイをここへ」

国王は、ワインを口にして喉を潤すと、扉に立つ警護隊に王弟を連れて来るように伝えた。

とにかく、アレクが王宮からいなくなる今、その公務を引き受けてもらうよう、王弟アーシュレイに、早急に話す必要があった。

「叔父上は……私の放浪の旅を許可してくれるでしょうか？」

苦手な叔父が来る事に、アレクは一瞬眉をひそめた。

叔父アーシュレイは、自分の旅をどう思うだろうか？　仕事の放棄だと嘲笑《あざわら》うだろうか？

それとも、そのまま帰って来なくて良いと言うのだろうか？

そんな事を考えていると、食堂の扉が音もなく開いた。


男の自分から見ても、見目麗《みめうるわ》しい人である。

歩き方から気品に溢《あふ》れ、何もしなくとも華がある。一度見ればその優美な仕草から、貴族か王族だとすぐに分かる。

悔《くや》しいくらいに優雅な人物だった。

「お呼びだとか？」

一礼して入って来た王弟アーシュレイ。

いつも、優しい笑顔を浮かべているが、逆にそれが怖いのだと、彼を良く知る者達からは恐れられている。

「座れ」

「義姉上《あねうえ》に、香水は控えるように伝えた方がよろしいかと、食事が不味《まず》くなる」

いなくても残《のこ》り香《が》として、強烈な威圧感を与える王妃に、アーシュレイは笑っていた。

「お前は……」

入って早々に苦言を呈《てい》する弟に、国王は呆《あき》れ半分感服半分だった。

どんな時でも飄々《ひょうひょう》としていて、何も摑《つか》めない男である。

第二十八章　父王と息子の画策

王妃の席には当然座らず、だからといってアレク王子の隣にも座らず、アレクの二つ隣に座ったアーシュレイ。

自分を毛嫌いしている甥《おい》に遠慮しているのか、他に何か含む事でもあるのかまったく読めない。

「へぇ、私も行こうかな」

放浪の旅の話をしたところ、アーシュレイは可とも不可とも言わず、羨《うらや》ましそうに言った。

「お前は散々、遊び歩いていただろう」

数年前まで、あちらこちらと浮名を流していた叔父アーシュレイに、父は呆《あき》れ混じりに返していた。

勿論《もちろん》、遊びとは揶揄《やゆ》混じりだ。アーシュレイが各国へ赴《おもむ》いた視察で、国に有利な情報を得る事が出来た……が、思わずまだ遊び足りないのかと、言いたくなってしまったのだ。

実際、彼の得た情報は有益なものだった。しかし、それ以上に彼が流す浮名が、遠く離れたエストールにまで聞こえたほどだ。

本人かさえも分からぬ噂《うわさ》だったが、大半は彼に違いない。

彼自身が意図して流しているのか、目立つ彼を皆が見逃してくれないのか定かではなかったが。

「大体、叔父上にはメリッサがいるでしょう?」

その言葉にはアレク王子も呆れていた。

数々の浮名を知るアレクも、叔父がいつまでフラフラするつもりなのか不安になってしまったのだ。

「なら、メリッサを連れて諸国漫遊と洒落込《しゃれこ》もう」

「叔父上」

父が頭を抱える筈《はず》である。

この人はどこまでが適当で、どこまでが本気かまったく分からない。もしかしたら、そのすべてが適当なのかもしれないが、そう思っていると痛い目を見るのだ。

「酷《ひど》いな。新婚旅行も行かせてくれないのかな?」

「アーシュレイ」

「叔父上」

父とアレク王子は、ほぼ同時に返していた。

真面目な話をする気はあるのかと。

「親子揃《そろ》って扱いが酷い。さすがの私でも、泣いてしまうかもしれない」

「「……」」

何を言っているのだと、父とアレクは呆れて黙って見ていた。

それには、アーシュレイは降参とばかりに両手を挙げた。

「分かった分かった。行きたいと言うなら好きにしなさい。お前が帰って来る前に、義姉上《あねうえ》の頭の血管が切れない事を祈っておこう」

「あぁ、その、すみません。私に母の説得は無理なので」

アレク王子は叔父アーシュレイに、先に詫《わ》びておいた。

アーシュレイ派が勢力を強める可能性がある以上、王妃は毎日のようにアーシュレイを監視、牽《けん》制《せい》するに違いない。

「困った方だよね。私が国王になんてなれる筈がないのに」

決してやれないわけではない。

だが、面倒事が嫌いなアーシュレイが、この世で一番面倒な国王などやるわけがないのだ。

しかし、なろうと思えばなれてしまう立場なだけに、王妃アマンダは気が気でないのである。何かあるたびに叔父アーシュレイを牽制し、突っかかるのだ。

それを知った上で、アーシュレイはこんな飄々《ひょうひょう》とした性格をしてみせているのかもしれない。

彼が本気になれば、アレク王子などあっという間に蹴落とし、国王にだってなれるだろう。

敢《あ》えてしないのは本気で興味がないのか、今は静観しているだけなのかまったく分からない。

父とアレクは顔を見合わせていた。

メリッサまで手に入れた彼が、国王になれないとは思わないからだ。

「あぁ、そうだ」

ワイン片手に優雅にしていたアーシュレイが、何かを思い出したような声を上げた。

その声に、アレク親子はビクリとした。唐突に突拍子もない事を言うのが彼である。

「ついでに妻も見つけて来るといい」

「は？」

「今は私の結婚で、周りはお前から気を逸《そ》らしているが、帰城した頃には再燃するだろう。貴族の戯言《たわごと》に乗ってやる必要などないが、二度も失敗しているとね」

「……」

現実から目を逸らしていたアレク王子は、叔父アーシュレイの言葉にグッと押し黙っていた。

確かに、アーシュレイの言う通りであった。

王太子の結婚は、ただでさえ注目が集まるものだ。今は独身を謳歌《おうか》していたアーシュレイが結婚するから、自分から目が逸れているだけ。

アーシュレイとメリッサが火消し役になってくれたからこそ、矢面に立たずに済み、今の自分があるのだろう。だが、次はない。

しかし、メリッサとの結婚すら、彼の思惑《おもわく》の一部な気がするのはアレクの杞憂《きゆう》だろうか？

「見つけて来いと言われて、すんなり見つかれば苦労などしませんよ」

二度も失敗した自分が言う言葉ではないが。

「お前とメリッサなら、良《い》い夫婦になれたと思っていたのだけどね」

「今考えれば、私もそう思います」

自分のせいで歩み寄る事は出来なかったけれど、努力をしていたら共に歩む人生もあったかもしれない。

恋に恋して彼女を傷つけた自分に、それを言う権利はないだろう。

「後悔しているのなら、返そうか？」

ワイン片手に、アーシュレイは面白そうにそう言った。

「なっ！」

あまりの軽率な発言に、アレクは思わずテーブルを叩《たた》くところだった。

国民がアーシュレイとメリッサの結婚に沸いているのを、無下にする言動如何《いかん》より、メリッサはモノではない。

そんな簡単にアッチがダメならコッチと、変えていいものではないのだ。

アレクが、アーシュレイの言葉に憤《いきどお》りを感じていると、彼は満足そうに笑った。

「良かった。お前がそこまで落ちていなくて」と。

「今の話に、喜んで飛び付いたのなら、容赦なく切り捨てようかと思った」

「……」

「彼女の幸せの先に、お前はいない。お前はお前の幸せを探しなさい」

そう言って席を立つアーシュレイを横目に、アレクは唇を噛《か》みしめていた。

アーシュレイは最後の最後に、自分を試したのだ。

自分が今、メリッサの事をどう考えているのかを……彼女を政治や自分の道具にする人間かどうかを。

もし、嬉々《きき》として願い出たのなら、その言葉の通りになっていたに違いない。


「明朝、彼女が登城する。一度しっかり彼女と向き合ってから行きなさい」

静かにそう言うと、今度は振り返りもせず、アーシュレイは食堂を後にした。

浮気という嫌な別れ方をした甥のアレクに、メリッサと話す時間を作れと進言したのだ。


——完敗だった。


自分がアーシュレイだったら、そんな余裕のある言葉は絶対に口に出来ないだろう。

これから自分と結婚しようとする彼女を、元婚約者に会わせようなんて無理だ。

確かに以前は親が決めた婚約者。でも、今の自分は見方や考え方が違うのだ。それも、心を入れ替えた男と会わせるなんて、絶対にあり得ない。

それほどまでに、メリッサが自分《アレク》に傾《かたむ》かない自信がある？

いや、そうではない。

たとえ、傾いたとしても、アーシュレイは「仕方がないね」と笑って言うだろう。

結婚した後に何かあるより、結婚前に二人の気持ちの整理をさせる時間を用意したのだ。

——敵《かな》わない。


どんなに足掻《あが》いても、王弟アーシュレイを超えるビジョンが見えなかった。今の自分は足元にも及ばないだろう。

完敗。惨敗である。

「わしは、あやつが生まれ落ちた瞬間から敵わないんだ。お前なんぞが敵うわけなどなかろう」

アレクの考えは、思わず呟《つぶや》きとして漏れていたらしく、聞いていた父が苦笑いして肩を竦《すく》めてみせた。

「……そうですね」

アレクは笑うしかなかった。

生まれた瞬間から敵わないと言う父。

冗談だったとしても、そうかもしれないと思わず頷《うなず》いてしまう何かが、彼にはあるのだ。

「だが、一度くらい一泡吹かせてやろうか」

ワインを飲んで、ほろ酔い気分になった父は、ほくそ笑んでいた。

何やら、企《たくら》みがあるらしい。

「一泡吹かせる事なんて、出来るんですか？」

アレクには、父が返り討ちに遭う未来しか視《み》えない。

しかし、父の言葉が本当なら、一泡吹かせてみたいとアレクは思った。

「メリッサと結婚する〝今〟がその好機よ」

父は執事長を呼び付けると、紙とペンを持って来させた。

何をする気なのだろうか？

アレクが思わず身を乗り出せば、サラサラと何かを紙に書いてアレクに向かってすべらせた。

「国を出る前、アレに一矢報《むく》いてやれ」

愉《たの》しそうに笑う父の姿を見て、まぎれもなくあのアーシュレイの兄だなと、複雑な気分になったアレクなのだった。

第二十九章　敵わない相手

「メリッサ」

結婚式のドレスの最終調整で、王宮に来ていたメリッサを、呼ぶ声が聞こえた。

その柔《やわ》らかい声に、メリッサは驚いた。

アレク王子だったからだ。

マーガレットに出会ってから、彼のこんな柔らかい声は久々に聞いた。

口を開けば、マーガレットとの言動を注意している内に、彼がメリッサを呼ぶ声は冷たいものへと変わっていたからだ。


「ご無沙汰《ぶさた》しております。アレク殿下」

メリッサは複雑な気持ちを抑えながら、頭を下げた。

学園では簡単な一礼で済ませていたが、ここではそんな非礼は出来ない。彼は次期国王なのだ。

「あぁ、そうだな」

アレク王子は頭を掻《か》きながら、斜め横に視線を動かした。

あんな事の後だから、気まずいのだろう。

そんな気を遣うアレク王子が久々で、メリッサは小さく笑うと自分から口を開いた。

「自ら、王妃探しの旅に向かうとか？」

アーシュレイがそんな事を言っていた。

「……叔父上か。ったく、あの人は」

アレクは、思わず舌打ちでもしそうなぐらいに、顔を不機嫌そうに歪《ゆが》めた。

どうして、そういう話に歪曲《わいきょく》させて伝達するのだと。

「ランハシュール公国の南、ババリアで飼育されているマスト牛の肉は大層美味《おい》しいらしいですよ？」

「は？」

「まぁ、アーシュレイ殿下なら、綺麗《きれい》な女性の集まる場所を教えてくれそうですが」

メリッサは昔のアレク王子を思い出し、冗談混じりに言ったのだ。

以前のアレク王子なら同じ話をしたところで、だから何だ？　と言われそうだが、今の彼なら通じるだろう。

「……お前、何故《なぜ》、叔父上なんかと結婚を決めたんだ？」

だが、アレク王子はメリッサの言葉に微苦笑しつつ、想像と違う言葉を返して来た。

アレク王子は、メリッサが叔父との結婚を承諾したと聞いた時、驚きより何故と疑問の方が先に浮かんだ。

メリッサが叔父を好きだったとは、到底思えない。

自分に対する当て付けにしても、人生を懸けてまでやる事ではない。政略とも思えなかった。

「どこかの誰かが、私をほったらかしにするからでは？」

今のアレク王子を見ていたら、なんとなくイヤミの一つでも言いたくなった。

アレク王子は、グッと押し黙り顔をしかめた。

「……お前、叔父上に似て来たな」

「そうでもしないと、あの人に太刀打ち出来ませんから」

実際は何をしたところで、切り傷一つ付けられないが。

「太刀打ちって、叔父上相手には無理だろう」

「一矢くらい報《むく》いたいんですけどね」

微苦笑してメリッサは、肩を竦《すく》めた。

あの人に勝てるとは思わない。だけど、翻弄《ほんろう》されっぱなしでは癪《しゃく》に障るのだ。


――プッ。

チラッと視線が合うと、どちらともなく二人は吹き出していた。

こんな風に笑い合うのもいつ振りだろうか。幼馴染《おさななじ》みに戻った気分だった。

もっと早くに理解し合えば、もう少し変わった人生になっていたかもしれない。


「いつ、国を出るの？」

「明後日《あさって》」

「卒業式には出ないの？」

そんなに早くだとは思わなかったメリッサ。

学園の卒業式後か、自分の結婚式の後くらいかと考えていた。

「出る意味もないしな」

「マーガレットさんには？」

マズいと思った時には、すでに聞いてしまっていた。

白紙になった事は耳にしてはいたが、理由を聞くつもりも問いただすつもりもメリッサはなかった。

「別れたのに会ってどうする？　叔父上と結婚するお前とは事情が違うんだぞ？」

アレク王子はすでに吹っ切れたのか、余計なお世話だとも言わずに溜《た》め息《いき》混じりに答えてくれた。

王弟と結婚するメリッサには、会わないわけにはいかない。

だが、マーガレットは会う必要もなければ、会わない方が彼女のためにもなるのだ。

「変わったわね？」

そう言いたくもなった。

以前の彼とは別人のようだ。いや、本来の姿に戻っただけかもしれない。

「マーガレットのおかげだよ」

「え？」

「彼女がいたから、私は変われた」

反面教師だったのだと、アレク王子は苦笑いしていた。

「あぁ、そうだ」

アレク王子は頭をガシガシと掻き、視線を横にずらした。

何か言いにくい話でもありそうな表情である。

「何？」

「お前には、迷惑を掛けたと思う」

「うん？　まぁ、そうですね？」

済んだ事だし、今更そんな事を気にされても困る。

だが、彼が自分にこんな事を言うのは、凄《すご》い進歩である。

「一応、謝る必要はあるんだろうが……癪に障るから謝りたくない」

「……」

何だそれ。

メリッサは思わず半目になっていた。謝罪する気がないのだったら、そんな言葉を言わなくてもイイ。

嫌そうな表情をしていたアレクは、メリッサに向き直るとこう言って、軽く頭を下げたのである。

「まぁ、でも、そういうわけにはいかないか。すまなかった」

メリッサは目を丸くしていた。

あの、アレク王子が頭を下げたのだから。

「もういいわよ。色々と言いたい事はあるけど」

呆《あき》れた謝罪過ぎて、怒りも吹き飛んでいた。

それに、一度不満を口にしたら、堰《せき》を切ったように止まらなくなりそうだ。

「聞いてやるから言ってみろ」

「何、その上から目線」

あまりの言動に、敬語すら忘れたメリッサ。

聞いてやるから言ってみろはないと思う。

「上だからな」

と、意地悪く笑うアレク。

確かに立場や身分は上である。

「なんか、そういうところはアーシュレイ殿下に似ているわよね」

「叔父上に似ていると言われても、全然嬉《うれ》しくない」

「そう？」

メリッサがそう返してアレク王子を見れば、昔に戻ったような穏やかな表情を見せていた。

メリッサはそんな彼が懐かしくて、自然と笑みが溢《こぼ》れていた。

「お前、そんな表情も出来たんだな」

同じ事を感じていたのか、アレク王子が少し驚いた表情をしていた。

彼もまた、嫌そうに苦言を呈《てい》するメリッサしか見ていなかったからだ。

「もっと早くに気付いて、話し合うべきだったな」

アレク王子は、複雑そうな笑みを溢していた。

初めての恋に、あまりにも周りが見えなかったと。

「話していたら、白紙にはならなかった？」

そう言う彼に、メリッサは思わず訊《き》いてしまった。

そんな事を今更訊いても仕方がないのに……である。

「いや、それでも多分、私はお前との婚約は白紙にしたと思う」

「だと思った」

負け惜しみとかではなく、メリッサの本当の気持ちだ。

アレク王子がマーガレットと浮気をしなくても、メリッサが婚約を解消したと思う。

アレク王子もまた、あのまま流されるまま、メリッサと結婚をしたとは思わない。

「お前に情がないわけじゃない」

「うん」

「だけど、お前に感じているこの気持ちは〝愛情〟ではなく、多分〝戦友〟みたいなモノだと思う。お前に、同じ場所を歩いて欲しいとは思うが、手を繋《つな》いで仲良く歩きたいわけじゃない。だが、振り返りもせず先に歩いていくお前を見て、無性に歯痒《はがゆ》かった」

だから、マーガレットに逃げたのだと。

そう、アレク王子が言葉に出したわけではない。だが、そう言っているような気がした。

『悔《くや》しかったら、私が地団駄踏《じだんだ》むくらいの男になって帰って来たら?』

メリッサはしばらく会えない戦友に対して、不敵に笑ってみせた。

旅立つ彼に最後の嫌みを〝ニバール語〟で。

『言ってくれるな』

学園をサボりがちだった彼だとしても、そこは王子だった。

悔しいくらいのイイ発音で返して来た。これでは嫌みにもならない。

『このくらいの意趣返し、いいでしょう？』

『いい発破にはなったよ』

アレク王子は、そう言って清々《すがすが》しい表情をして笑った。

メリッサには、それが眩《まぶ》しく見えて目を細めていた。

彼はもう迷わないだろう。


「あぁ、そうだ」

話は終わり、それぞれの道に歩きだそうとした時、アレク王子は胸ポケットから、小さな紙切れを取り出しメリッサに渡した。

父王が書いた秘策である。

「上手《うま》く使って、叔父上を尻に敷《し》いてみろよ」

そう言って笑うアレク王子は、悪戯《いたずら》っ子のような表情をしていた。

その悪そうな笑いと紙切れに、眉根を寄せたメリッサ。

なんだろうとその紙を開くと、そこにはズラリと女性達《たち》の名が書いてあったのだ。

見知った名前もいくつかある。アーシュレイと女性と言えば一つしかない。

「え、まさか？」

メリッサがその名前を改めて、目でなぞったその瞬時——。

「どれどれ、悪巧みの算段かな？」

メリッサの横からヒョイっと、手が伸びて紙切れを奪われたのだった。

「叔父上!!」

「アーシュレイ殿下!!」

思わぬ登場に、二人は驚愕《きょうがく》していた。

周りを見てはいなかったのも確かだが、こんな側に来るまで気付かなかったのだ。

アレク王子は、一気にバツが悪そうな表情に変わっていた。

メリッサを優位に立たせるためと言いつつ、昨日父王と企《たくら》んだアーシュレイへの仕返しである。

こんなすんなりバレるとは思わず、心の準備が出来ていなかった。だが、妻になるメリッサにバレて焦《あせ》るのでは？　とアレク王子は内心ほくそ笑んだ。

「あぁ、なんだ。私の〝関係者〟か」

遊び相手の女性達の名前を見ても、アーシュレイはまったく動じず飄々《ひょうひょう》としていた。

しかも、いとも簡単に〝関係者〟と揶揄《やゆ》する余裕さえある。

だが、どんな〝関係〟と揶揄《からか》う余地はありそうだと、アレク王子は思ったが、その権利は自分にはない。

「随分とご関係者が多いですこと」

メリッサは、色々な含みを込めて笑ってみせた。

ざっと見ただけだったが、十ほどの名が並んでいた気がする。想像していたより少ないが、アレク王子が知る人数がこれだけなのか、教えられる人物がこれだけなのか。それは訊かないと分からない。

正直なところ、アーシュレイの事だからとかなりの人数を想定はしていたが、実際にズラリと並ぶ名を見ると複雑だ。

だが、そんな事を〝妻〟に言われたところで動じるアーシュレイではない。

「妬《や》いてくれるのかい？　大公夫人」

逆に腰を曲げて、耳元で囁《ささや》かれてしまった。

メリッサ、撃沈である。

アレク王子の前だとか、その美声と甘い香りにドキドキするとか、メリッサの心臓は保《も》ちそうにない。

「や、妬きませんよ!!」

「なんだ、残念。妬いてくれても良かったのに」

「な!!　アレク。こんな人間になって帰って来たら、私は二度と口なんて利《き》かないからね!!」

一矢報いるつもりが、逆にしてやられる羽目になったメリッサ。

アレク王子にアーシュレイとのやり取りを見られた事もあり、急に恥ずかしくなっていた。

それは、取り繕う事も敬語も敬称も忘れるほどに。

赤く染まった顔を慌てて手で隠し、挨拶もそこそこに逃げるようにその場から去っていったのである。

それを見たアレク王子は、唖然《あぜん》としていた。

余裕のないメリッサを今まで見た事がなかったのだ。あんな一面があったなんて知らなかったのである。

「メリッサの芯の部分は、昔と何も変わってはいない。表面に囚《とら》われるな、アレク」

「……」

去っていくメリッサを見て、アレクが何を思ったのかを読んだアーシュレイは、幼き日のようにアレク王子の頭をクシャリと撫《な》でた。

「お前がお前でいる限り、彼女はお前の味方でいてくれる」

「はい」

お前は一人ではないと、言われたようでアレク王子は嬉しかった。

王太子になり叱責はあれど、誰も褒《ほ》めてはくれない。それが無性に虚《むな》しかったのだ。だが、孤独ではないのだ。

メリッサも叔父も、ちゃんと自分を汲《く》み取《と》ってくれるのだと、心が救われたのである。

「彼女はこれから、もっと強く綺麗な女性に変わるだろう。お前はどうかな？」

その言葉にアレク王子は、メリッサはアーシュレイに磨《みが》かれて、イヤなくらい綺麗になっていくに違いないと思った。

だが、変わるのはメリッサだけではない。アレク王子は対抗意識をチラッと出した。自分だって驚くほどに変わってやると。

「私も変わりますよ」

「無惨に？」

「……っ！　華麗にですよ‼」

強い意志表示を出してみれば、アーシュレイに鼻であしらわれた。

彼が驚くほどに変わってやると、闘志が燃える。

絶対にいつか、叔父をギャフンと言わせるくらいに変わってやると。

アレク王子がそう返せば、王弟ではなく叔父としてアーシュレイは、優しく笑っていた。

そして、何かを思い出したアーシュレイは胸ポケットからペンを取り出すと、サラサラと書き始めた。

「この紙は持っていなさい。この先、役に立つだろう」

そう言って、アレク王子に手渡したのは、メリッサから取り上げた例の紙切れだ。

「え?」

叔父と浮名を流した女性達が、自分に役に立つとはどういう事か理解が出来ない。

オマケに、何人か付け足したようだった。

「一番上は、サウンザのロイド陛下が結婚前に一度だけ、噂《うわさ》になった女性。その下はロイド陛下の右腕ギレン＝マーシャルの愛人。その下は、神官ハイマンの愛妾《あいしょう》とされている女性。彼等《かれら》に足元を掬《すく》われるようなら、名前を出してみるといい」

アーシュレイは愉《たの》しそうに笑った。

その笑みを見たアレク王子は、背筋がゾクリとした。

アーシュレイはこの国の王達だけでなく、隣国の国王達の弱点まで握っているのだと。

そして、アレク王子が小馬鹿にされたりマウントを取られるようであれば、これを利用しその上に立てと言っているのだ。

アレク王子は乾いた笑いが漏れていた。

彼を越すとか越さないとか、そういう問題ではないらしい。

まずは、彼を敵に回さない事が大事であると。

自分もいつか、マーガレットの事を出されるのかもしれない。

「叔父上が本気を出したら、世界が混沌《こんとん》としそうですね」

アレク王子はつい、思った事が口から漏れた。

この紙とて使い方次第では争いの火種になり、どこかの一族が簡単に消えそうだ。

彼は他には一体どんな情報を握っているのか、知りたいような知りたくないような、複雑な心境である。

「私なんか、ただの穀潰《ごくつぶ》しだよ」

アーシュレイは、そう自分を揶揄《からか》って笑ってみせた。


〝穀潰し〟


この人が穀潰しなら、自分は塵《ごみ》か。

到底敵《かな》う相手ではないのだと、改めて思った。

そんなアレク王子の心境など知ってか知らずか、アーシュレイはアレクの頭をポンと叩《たた》くと「頑張って来なさい」と片手を軽く振り立ち去るのであった。

そして、遠ざかるその彼の背を見て、アレク王子は思う。

彼のような余裕のある大人になりたい……と。

第三十章　エピローグ

「じゃあな。メリッサ」

彼が、今まで見た事のないような清々《すがすが》しい顔で、旅に出たのはその二日後だった。

王妃アマンダは、最後まで許可はしていなかったが……。

メリッサに会ってわだかまりが取れたアレク王子は、勢いそのままにマークにも会ったらしい。

後日、マークに会ったメリッサは、その話を聞いて驚いたほどだ。

しかも、マークに対して「補佐官の座を空《あ》けといてやるから、昇って来い」と挑発するような事を言ったというから、さらに驚いた。

先触れもなく突然来て、偉そうに言われたマークは眉間《みけん》にシワを寄せ、

「は？　お前、一体何様だよ？」と返せば、

「次期国王様だよ」

と、冗談まで交わし、笑い合ったというのだから、あの二人は結局仲が良《い》いのだろう。

周りがチヤホヤする中、マークだけはまったく変わらないどころか、いつも忌憚《きたん》のない言葉を投げていたのだとか。

そういうマークが、自分の側には必要なのだと笑っていたそうだ。

サーチは、マーガレットの件で一時的にアレクと距離をとっていたようだが、アレクが旅に出たと知り変わった。

いずれは戻る彼の側で働きたいと、文官を目指し始めたらしい。

アレクの成長が、この国に良い流れをもたらし始めている。

彼はもう揺るがないだろう。

このエストールは、きっと安泰だなとメリッサは確信にも似た思いを抱いていた。


──この後。

五年の約束が七年になり、帰還したアレク王子が国王の座に就くのはまだ先の話である。

◇＊◇＊◇

──アレク王子が国を出てから、およそ一年。

「アレク殿下は、今どこにいるのでしょうね？」

アレク王子の代わりに、王宮で忙しくしている王弟アーシュレイの元へ来たメリッサ。

窓から吹き上げる風に春を感じて、思わず目を細めた。

行く時も突然だったみたいに、帰って来るのも突然なのだろう。

サウンザでのロイド国王とのやり取りを、数行ほど書かれた手紙が一通送られて来ただけで、後は音沙汰がないのだ。

だから、今はどこで何をしているのか、一切《いっさい》分からなかった。

最近の王妃アマンダは、憤《いきどお》りの矛先《ほこさき》を国王から王弟アーシュレイに替えていた。

アーシュレイの放浪癖が息子のアレクに移ったのだと、彼と顔を合わせるたびに、お前のせいだと罵っているとか。

それを、毎回飄々《ひょうひょう》と躱《かわ》しているから感服するしかない。

後はアレク王子が病気や怪我《けが》などなく、無事に帰城する事を願うばかりである。

「キミは口を開けば、アレクアレクだね？」

アーシュレイが笑いながら、メリッサの隣に歩み寄る。

アーシュレイが見る限り、メリッサは彼が今どこにいるのか、何をしているのか、婚約者だった時より気にしているように見えた。

「音沙汰がなさ過ぎるから」

「私という夫がいる前で、他の男の心配とか」

「妬《や》けます？」

アーシュレイに、少しだけ挑発的に言ってみた。

妬くのはいつも自分だけで、悔《くや》しかったのだ。

「さぁ？　それはどうだろう？」

メリッサの腰に腕を回し、踊るように優雅な仕草で、自分の胸の中に引き寄せたアーシュレイ。

その慣れた仕草に嫉妬《しっと》しつつ、メリッサはアーシュレイの香りに酔わないように気を張った。

彼に酔えば、いつも通りにまた負けると。

「どうせ、妬かないのでしょう？」

「どうしてそう思うんだい？」

「だって、いつも余裕なんだもの」

ワザとアレク王子の話題を出してみているのに、表情一つ変えずにサラリと躱すのだ。

それどころか、結果的にこちらが妬くハメになる。

「余裕ねぇ。だって、キミとの結婚はただの契約。未《いま》だに白いまま。私に妬く権利はないからね？」

と、メリッサの瞼《まぶた》に愛おしそうに、キスを落とした。

なら、こんな優しいキスなんてしなければいいのに、ズル過ぎる。

「わ、私を大事にして下さるのなら、いつでも好きな色に塗り替えても……」

キスだけではなく、先が欲しいと。

メリッサは自分で言い始めたとはいえ、急に恥ずかしくなり、最後まで言えずに目を逸《そ》らした。

まさか、手を出しても良いのだと、自分からははしたなくて言えなかったのだ。

「では、桃色くらいには染めてみようか」

アーシュレイは悪戯《いたずら》っ子みたいな顔をして、メリッサの首筋に軽く唇を這《は》わせた。

「んっ！」

予期せぬ甘い刺激に、メリッサは声を漏らした。

アーシュレイが与える刺激が、甘美過ぎて頭がクラクラする。

「キミが側にいるとここが執務室だという事を、ついつい忘れそうになる」

そう言ってアーシュレイは、メリッサの腰をさらに強く引き寄せ、彼女の唇に自分の唇を重ねた。

優しく啄《ついば》むようなキスに、メリッサの頭はすぐに蕩《とろ》けていった。

しかも、時々耳や頬を指でなぞるものだから、その感触に翻弄され、アーシュレイにしがみ付いているのが精一杯だった。

このまま、彼の好きにして欲しいと願わずにはいられないほどに、メリッサの身体《からだ》は熱くなっていたのである。

「アーシュレイ……殿下」

「なんだい？　メリッサ」

メリッサは、まだ彼に伝えていない言葉があった。

恥ずかしくてずっと言えなかった言葉だ。


「愛しています」


白い結婚のままではイヤなほどに。

「知ってる」

それを聞いたアーシュレイは、意地悪そうな笑みを浮かべていた。

欲しい時に欲しい言葉を、決して返してくれない意地の悪い夫。


「愛してるの」

だから、彼にも言って欲しい。

「うん」

そうじゃない。

ちゃんと、返して。


「愛してるの」


「ありがとう」

ほら、欲しい言葉はまったく言ってくれない。

「アーシュレイ。意地悪しないで」

だから、つい涙目になってしまった。

「なら、もう一度、言ってごらん?」

アーシュレイは焦《じ》らすように、メリッサの首筋を指でなぞる。


「アーシュレイ、愛してる」

それは、もう、どうしようもないくらいに。

「私も愛しているよ。メル」

そう言って落ちて来たキスは――。
今までにないくらいに、甘い甘い蕩けるようなキスだった。

～Ｆｉｎ～

あとがき

はじめまして、神山《かみやま》です。

本書を手に取っていただき、ありがとうございます。

あとがきって何を書けばいいのだろうと、書いては消し書いては消しと悩みました。

ということで、作品について少し書こうかなと。

この作品で一番書いて楽しかったのは、アーシュレイです。

麗しいだけでなく飄々としていて、つかみどころのない感じがとても好きでした。

次に楽しかった？　のは、マーガレットですね。

あの自分中心で、本能の赴くままの感じが書いていて面白かった。周りにいたら、女子には確実に嫌われるタイプの女の子ですが、素直で書きやすい。

マーガレットがもし王女だったら、周りは大変だった事でしょう。

そして、書きながら……もしもこうだったらと、違うパターンを考える自分がいる。作品が作品を生むのは、こういう事なのだなと思いました。

しかし、あとがきがあとがきを生むことはない……気がします。
だって、何も思いつかないから！

本書のイラストを手掛けてくれた早瀬《はやせ》ジュン先生、ありがとうございました。メリッサの愛らしさとアーシュレイの色香に惚れました。
コミカライズを担当してくださった甘夏《あまなつ》みのり先生、メリッサとアーシュレイの恋物語を描いてくださり、ありがとうございます。アーシュレイに翻弄されるメリッサが、すごく可愛いです。こちらも、よろしくお願いいたします。

そして、担当様、優しいご指導ありがとうございました。
本書に携わっていただいた皆様に感謝を……!!
皆様のおかげで、素晴らしい小説になりました。

Kラノベブックスf

王《おう》弟《てい》殿《でん》下《か》の恋《こい》姫《ひめ》
～王子《おうじ》と婚約《こんやく》を破棄《はき》したら、美麗《びれい》な王弟《おうてい》に囚《とら》われました～

神《かみ》山《やま》りお

2024年7月31日第1刷発行

発行者	森田浩章
発行所	株式会社 講談社 〒112-8001　東京都文京区音羽2-12-21
電　話	出版　(03)5395-3715 販売　(03)5395-3605 業務　(03)5395-3603
デザイン	AFTERGLOW
本文データ制作	講談社デジタル製作
印刷所	株式会社KPSプロダクツ
製本所	株式会社フォーネット社

KODANSHA

ISBN978-4-06-536311-9　N.D.C.913　283p　19cm
定価はカバーに表示してあります

ファンレター、
作品のご感想を
お待ちしています。

あて先　〒112-8001　東京都文京区音羽2-12-21
(株) 講談社　ライトノベル出版部 気付
「神山りお先生」係
「早瀬ジュン先生」係

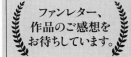